QUAND UN LIGRE S'ACCOUPLE

LE CLAN DU LION #10

EVE LANGLAIS

Copyright © 2022 Eve Langlais

Couverture réalisée par Yocla Designs © 2022

Traduit par Emily B, 2021/2022

Produit au Canada

Publié par Eve Langlais

http://www.EveLanglais.com

ISBN livre électronique: 978-1-77384-3179

ISBN livre pochet: 978-1-77384-3186

Tous Droits Réservés

Ce roman est une œuvre de fiction et les personnages, les événements et les dialogues de ce récit sont le fruit de l'imagination de l'auteure et ne doivent pas être interprétés comme étant réels. Toute ressemblance avec des événements ou des personnes, vivantes ou décédées, est une pure coïncidence. Aucune partie de ce livre ne peut être reproduite ou partagée, sous quelque forme et par quelque moyen que ce soit, électronique ou papier, y compris, sans toutefois s'y limiter, copie numérique, partage de fichiers, enregistrement audio, courrier électronique et impression papier, sans l'autorisation écrite de l'auteure.

CHAPITRE UN

Des doigts épais et recouverts de grosses bagues caressaient la fourrure du félin géant qui était tenu en laisse à ses côtés. Guillaume Champignon avait plusieurs passions. Collectionner de grands animaux sauvages rares – et les dresser pour qu'ils lui obéissent – en faisait partie.

— Sommes-nous prêts pour la chasse ? demanda Guillaume à la femme qui se tenait devant son bureau.

Elle avait les cheveux courts et striés de gris.

Tracey lui tendit une tablette et fit glisser son doigt dessus, la lumière de l'écran illuminant son visage.

— Tout est en ordre pour le divertissement de ce soir.

— Avons-nous assez de proies ?

Il s'arrêta de caresser la tête du gros félin. Ce dernier s'était raidi. Il n'émit aucun bruit et pourtant, Guillaume aurait pu jurer que le ligre vibrait. Il n'avait pas intérêt à grogner sans sa permission. Son maître de chenil lui avait assuré que l'animal était tout à fait apprivoisé.

— Nous en avons plus qu'assez avec deux de plus si nécessaire.

— Très bien.

Il n'y avait rien de pire que lorsqu'un client terminait la chasse en étant frustré car il n'avait rien attrapé.

« Je ne vous paie pas pour repartir les mains vides ! » s'était un jour exclamé l'un des clients les plus généreux de Guillaume. Ceux qui payaient pour ce privilège s'attendaient à repartir avec un trophée.

Ils n'étaient pas non plus très regardants sur ce qu'ils abattaient. L'accident de la dernière chasse lui avait coûté une partie de ses bénéfices pour le couvrir.

Une femme s'était promenée sur le terrain privé et sécurisé par hasard. Elle s'était baladée dans les bois, la nuit où les chasseurs y étaient. C'était une erreur que l'on pouvait facilement commettre. Les chasseurs portaient tous des vestes fluorescentes contrairement à l'intruse qui s'était introduite sur la propriété en étant nue comme le jour de sa naissance.

La balle avait traversé son estomac et bien qu'elle ait été en vie quand ses gardes l'avaient trouvée, c'était une blessure mortelle. Ils s'étaient servis de la rivière qui se trouvait non loin pour jeter sa dépouille.

Il ne restait donc plus que le client qui l'avait tuée. En rembobinant les vidéos sur les caméras de surveillance qui pistaient les chasseurs et leurs proies, ils avaient pu voir qui s'était trouvé dans ce secteur avant le meurtre.

Bernard, un client bas de gamme avait clamé son innocence. Il avait essayé de les convaincre qu'il avait tiré sur une lionne, sauf qu'aucune donnée n'avait pu leur confirmer qu'un autre chasseur se trouvait dans le secteur avec lui. Bernard avait dû payer une grosse somme d'argent pour garder son erreur secrète.

Et même après qu'il eut payé, Guillaume s'était débarrassé de lui pour servir d'exemple à quiconque essaierait de mettre en péril son concept.

Ce qui était étrange dans tout ça, c'était qu'ils étaient tombés sur un bracelet de géolocalisation abandonné dans les bois – pour une lionne d'ailleurs, un félin qui avait disparu sans laisser de traces.

— J'ai entendu dire qu'il y avait quelques lionnes cette fois-ci, dit Guillaume en réfléchissant à voix haute.

Un certain nombre, étant donné que d'habitude ils capturaient surtout des ours et des loups.

— Trois. Elles ont toutes été amenées la nuit dernière.

— Est-ce qu'un autre zoo illégal a été dévalisé ?

Il n'était pas facile de trouver des animaux pour la chasse. Soit, ils les braconnaient illégalement, soit ils les achetaient à un collectionneur qui réduisait la taille de son troupeau.

— C'est un particulier. Il a dit qu'il faisait des travaux de rénovation et avait besoin de s'en débarrasser, dit Tracey en baissant les bras, la tablette presque rattachée à sa main.

— Sa perte est notre gain.

Un son lointain attira soudain son attention. Guillaume tendit l'oreille.

— Tu as entendu ?

Tracey regarda par-dessus son épaule.

— Ce sont des coups de feu ?

Cessant de caresser son félin aux poils hérissés, Guillaume se leva. Il posa les mains sur son bureau, appelant sa secrétaire.

— Cirine, que se passe-t-il ?

Habituellement très efficace, sa secrétaire ne répondit pas.

Les coups de feu cessèrent brusquement avant d'être remplacés par un rugissement.

Un deuxième grognement, à vous glacer le sang, suivit.

Puis un troisième.

Que se passait-il, bordel ?

Grrr.

Était-ce un putain de loup ? Dans sa demeure ?

On aurait dit que sa ménagerie entière s'était échappée. C'était peu probable et pourtant, il se pencha pour ouvrir le tiroir de son bureau. Et tendit la main vers...

Rien. Il resta bouche bée devant l'espace vide. Pas de pistolet.

Il y eut soudain une série de coups de feu, puis un hurlement étouffé, suivi d'un rugissement, puis plus rien.

Les yeux assez écarquillés pour sauter hors de leurs orbites, Tracey serra sa tablette contre elle et recula vers le mur le plus éloigné de la porte. Elle semblait entièrement collée à la paroi.

Ce qui était compréhensible. Guillaume se mit lui aussi à fixer la porte. Il retint son souffle face au silence qui régnait.

Que se passait-il ?

Un mouvement de fourrure attira son attention sur le félin à ses côtés qu'il avait oublié. Une énorme bête. Moitié lion, moitié tigre. On appelait ce genre d'hybride un ligre. Qui était déjà si bien apprivoisé.

On le lui avait envoyé comme cadeau il y a seulement un jour. Il avait été impressionné de voir à quel point il obéissait bien aux ordres, même s'il méprisait la docilité de la créature.

Mais là, tout de suite, elle ne paraissait pas très docile. Il s'assit et Guillaume aurait pu jurer qu'il était en train de sourire.

En tout cas, il lui fit un clin d'œil.

Guillaume eut du mal à contrôler le tremblement de ses muscles alors que l'animal s'étirait et commençait à se lever. Puis, tout à coup, le ligre fut remplacé par un grand homme à la chevelure hirsute. Un homme nu.

— Qui êtes-vous ? parvint à s'exclamer Guillaume.

— Vous pouvez m'appeler Law. Je suis le cousin de la jeune femme que vous avez essayé de tuer le mois dernier.

— Je ne vois pas de quoi vous parlez, balbutia Guillaume.

Mais que se passait-il ? Comment cet homme

pouvait-il être le ligre qu'il caressait quelques minutes plus tôt ? Une goutte de sueur roula sur sa tempe et dégoulina sur sa joue.

— Je sais ce que vous trafiquez ici.

L'homme qui se faisait appeler Law, s'avança.

— Je me fiche de ce que vous pensez savoir. Vous êtes un intrus, mes gardes vous tireront dessus si je leur ordonne de le faire.

— Quels gardes ?

Law fit un pas en avant, le regard déterminé et mortel.

— Jouons à un jeu, Guillaume. Le jeu du chasseur et de la proie. Devine quel rôle tu vas jouer.

— Mais vous n'êtes pas humain. Ce n'est pas juste ! cracha Guillaume.

— Et tu vas me dire que le massacre que tu organises ici est juste ?

Law se mit à sourire. La vessie de Guillaume se contracta.

— La vengeance peut être cruelle. Es-tu prêt à courir pour ta vie ?

Le Goliath blond étira son cou, fit craquer sa colonne vertébrale et roula les épaules en arrière.

— Vous ne pouvez pas faire ça.

Guillaume commençait à hyper ventiler.

Law resta immobile.

— Cinq, quatre, trois...

Le compte à rebours poussa Guillaume à agir. Il courut vers les portes du patio qui donnait sur le balcon. Il devait bien y avoir quelqu'un en poste qui pouvait tirer sur son assaillant.

Alors qu'il déboulait sur la terrasse, trois lionnes apparurent.

De gros fauves. Et elles fixèrent ses fesses juteuses du regard.

— Merde ! siffla-t-il.

Mais ce ne fut que lorsqu'elles se métamorphosèrent d'une façon totalement incompréhensible et qu'elles se transformèrent en femmes nues, qu'il se pissa dessus.

UNE HEURE PLUS TARD, *se prélassant devant la chaleur des flammes qui crépitaient depuis la demeure...*

— Je déteste quand ils se pissent dessus, se plaignit sa tante Lenore. C'est trop facile de les traquer. Ça enlève tout le plaisir.

— Sans oublier que plus personne n'a envie de les toucher une fois qu'ils ont mariné dedans, déclara tante Lacey, ayant déjà enfilé sa combinaison.

Lawrence portait un pantalon et rien d'autre alors qu'il observait le pavillon brûler. Il n'y aurait plus de chasses, pas ici en tout cas, mais la lutte contre les braconniers était un vrai travail à temps plein.

Tante Lena, qui aimait particulièrement sa cousine Miriam – celle qui s'était fait tirer dessus et que l'on avait jetée dans la rivière – se tenait à ses côtés.

— Miri va être furieuse qu'on se soit occupé de tout ça sans elle.

— On ne pouvait pas attendre et elle avait besoin de plus de temps pour se rétablir.

Parce que sa cousine avait failli mourir. Étant une lionne métamorphe, elle était forte, mais même eux avaient parfois besoin de temps pour guérir.

— J'ai faim, annonça Lenore. Qu'on apporte la viande.

— Je connais un endroit, déclara Lacey.

— Est-ce qu'ils ne servent que de la fausse viande ? Je ne veux pas de ces trucs végétaliens bizarres.

— Ce n'est pas bizarre. C'est juste choisir de ne pas manger d'éventuels membres éloignés de la famille.

— Je n'ai aucun lien familial avec les vaches moi. Et même si c'était le cas, je les mangerais quand même parce qu'elles sont délicieuses.

Une provocation délibérée.

— Espèce de sauvage !

Lacey pinça les lèvres et Lena se prépara au combat.

Ça arrivait bien trop souvent. Il se positionna entre ses tantes.

— Allons, mesdames, les réprimanda-t-il.

Tante Lena le poussa.

— On n'a pas besoin que tu t'en mêles, morveux.

Morveux.

Elles le traitaient encore comme un enfant.

— Je suis un adulte responsable, déclara-t-il.

— Ah bon ? Je n'étais pas sûre étant donné que tu

t'attires toujours des ennuis, dit Lenore qui n'avait pas tort.

— Je ne vois pas ce que tu veux dire, fanfaronna-t-il.

— Hum, hum, dit tante Lacey qui se racla la gorge. Et l'incident avec les Russes ?

— Il a été réglé sans encombre.

— Seulement par accident. Et l'histoire de la frontière canadienne il y a quelques mois ?

Tante Lenore avait une bonne mémoire, le genre qui se souvenait de toutes les erreurs qu'il avait commises.

— C'était un malentendu.

Apparemment, faire l'amour dans les salles d'interrogatoire n'était pas permis.

— Il te faut un chaperon, dit Tante Lacey.

— Pas nous, ajouta Tante Lenore. Ne le prends pas mal, tu es comme un fils pour moi, mais il est temps que quelqu'un d'autre prenne le relais.

— Je n'ai pas besoin d'un chaperon. J'ai trente-cinq ans. Je suis un membre respecté du Clan.

— Et il est grand temps que tu te poses et que te mettes en couple, rétorqua Lacey.

— Aucune de vous ne l'a fait, souligna-t-il.

— Parce que je n'ai pas besoin d'un chaperon, répondit Lena.

— Et ce n'est pas totalement vrai, se plaignit Lenore. J'ai été mariée.

— Trois fois, on sait, ajoutèrent ses deux autres tantes en levant les yeux au ciel.

Ce qui aurait pu déclencher une autre dispute si leurs téléphones n'avaient pas tous sonné en même temps.

— C'est encore lui, marmonna Lenore.

— Pour un type qui n'allait jamais se marier, il est terriblement pressant à ce sujet maintenant, dit Lena en reniflant.

— Moi je trouve ça mignon ! s'exclama Lacey.

— Oh, pitié. C'est parce qu'il est en manque, dit Tante Lena en agitant le doigt.

— J'ai entendu dire que la fille Tigranov refuse de coucher avec lui tant qu'ils ne sont pas mariés.

— Ça, c'est parce que Grand-mère a menacé de castrer Dean s'il la touchait avant que leur union ne soit sanctifiée, leur expliqua Lacey d'une voix forte et théâtrale que tout le monde entendit probablement à un kilomètre à la ronde.

C'était vrai. Lawrence avait dû écouter son meilleur ami se plaindre du manque de parties de jambes en l'air.

— Je ne savais pas que les tigres pouvaient être aussi pointilleux sur les convenances, dit Lenore en secouant la tête. De mon temps...

— Les femmes portaient des pantalons à étriers et se croyaient sexy, ricana Lena.

— Ne ricane pas si fort. À l'époque, tu te crêpais les cheveux, dit Lenore en haussant les sourcils.

— Mais je faisais preuve d'assez de bon sens pour ne pas porter ces shorts de motards fluorescents, remarqua Lena en levant le menton avec défi.

Alors qu'une nouvelle bagarre se préparait, Lawrence, qui aimait foutre la merde, ne put s'empêcher d'ajouter :

— OK, les boomers[1].

Cela lui coûta presque une de ses vies de félin.

Heureusement, ses tantes l'adoraient. Ils arrivèrent tous au mariage à temps et purent voir le célibataire endurci, Neville Dean Horatio Fitzpatrick, se marier. Son meilleur ami avait décidé de se lier à une femme – gloups – pour toute la vie.

Malgré ce que disaient les gens mariés et les autres, cela lui donnait des frissons. Il n'arrivait même pas à rester en couple plus de six jours. Comment pouvait-on faire fonctionner sa relation « pour toujours » ? Il savait d'expérience comment fonctionnaient les relations amoureuses ; le premier rencard était toujours le meilleur, et parfois il pouvait en décrocher un deuxième qui n'était pas mal. Mais dès le troisième, c'était la dégringolade.

Mieux valait que ce soit court et agréable. Il avait l'intention de rester célibataire pour toujours. Mais ça ne voulait pas dire qu'il n'appréciait pas la compagnie des femmes.

Et les mariages étaient les meilleurs endroits pour s'envoyer en l'air.

La cérémonie fut terriblement ennuyeuse, car la grand-mère avait soudoyé un évêque ou autre pour officier. Apparemment, c'était une histoire de prestige. Et pour cela, il fallait tout le temps rester debout ou s'agenouiller et rarement s'asseoir. Puis il y avait aussi des chants. Beaucoup de chants.

En tant que témoin, Lawrence dut tout subir. Mais le positif dans tout ça, c'est qu'au moins, cette fois-ci, la mariée n'essaya pas de le tuer. C'était une longue histoire et la raison principale pour laquelle Dean et Natasha s'étaient mis ensemble.

Après le mariage, il y eut une réception avec un énorme buffet, un groupe de musique et beaucoup de monde, la plupart d'entre eux se trémoussant et s'agitant. Ils ne pouvaient pas résister à du bon son.

Il connaissait déjà la plupart d'entre eux. Cousin. Cousine. Cousine au second degré – ce qui comptait toujours comme la famille quand il était question d'activités extrascolaires dans la chambre. Ses tantes. Les tantes de Dean. Puis il y avait celles dont il savait qu'il ne fallait pas s'approcher. Les filles d'un mafieux russe. Les épouses. Encore des épouses. Et quelques grand-mères qui lui souriaient. Ses perspectives étaient plutôt minces.

Puis, elle apparut.

Aussi mignonne qu'un écureuil, ses cheveux relevés en une queue de cheval et portant des lunettes rectangulaires à montures foncées. Ses courbes étaient parfaites. Et il comprit rapidement qu'elle était humaine quand il la vit trébucher sur ses propres pieds.

CHAPITRE DEUX

Le plateau faillit glisser des mains de Charlotte lorsque la porte de la cuisine s'ouvrit en grand et qu'elle dut s'écarter. Le plateau qu'elle portait – avec une double couche de crevettes et de coquilles Saint-Jacques enveloppées de bacon – s'inclina légèrement, mais aucun des hors-d'œuvre ne tomba par terre. Elle parvint à se redresser sans encombre et soupira de soulagement.

Elle avait évité le désastre.

Habituellement, elle s'en tenait à la vaisselle car elle était connue pour être maladroite, mais ils avaient été à court de personnel à l'étage et l'uniforme noir avec la blouse blanche lui allait plutôt bien. Maladroite ou non, ils voulaient qu'elle fasse le service.

Le plateau semblait assez facile à tenir, sauf qu'il s'était avéré plus difficile à manier que prévu. Mais les autres le faisaient tout le temps. Elle finirait par s'améliorer avec le temps. Elle avait acquis tout un tas de nouvelles compétences depuis qu'elle avait quitté un emploi bien rémunéré dans une agence de marketing pour venir en Russie. Comme elle ne parlait pas la langue, ses perspectives professionnelles étaient limitées. Elle avait actuellement deux boulots ; l'un pour survivre, l'autre pour économiser assez d'argent pour rentrer chez elle.

Ce soir, la mission était de préparer un repas pour une réception d'après-mariage organisée dans un hôtel où se trouvaient les personnes les plus belles que Charlotte ait jamais vues. Des hommes grands et musclés, des femmes athlétiques et assez gracieuses pour la rendre très consciente de ses petits défauts. Littéralement. Car elle faisait au moins trente centimètres de moins qu'eux.

Si l'un d'entre eux l'appelait encore « Ma petite » elle allait leur montrer le meilleur avantage que lui offrait sa taille. Elle avait déjà largué de nombreux hommes par le passé à cause de leur arrogance.

Mais qu'en était-il des femmes plus âgées qui lui avaient tapoté la tête en lui demandant si à cette heure-ci elle ne devait pas être au lit ? Cela semblait incorrect de les frapper et pourtant... Euh Allô ? Elle ne paraissait pas si jeune non plus quand même !

— Tu comptes rester plantée là toute la nuit ? Va servir cette nourriture ! aboya Viktor, le type qui gérait la cuisine.

— Oui, chef ! aboya-t-elle en retour.

Elle pouvait le faire. *Ne le fais pas tomber, c'est tout.* Tranquille Émile.

Les épaules en arrière, les mains agrippant fermement le plateau, elle donna un coup de hanche pour ouvrir la porte et fut frappée par une vague de bruits. Quand elle était venue déposer des paniers de pain frais sur la table un peu plus tôt, il y avait beaucoup moins de monde. Une infime partie de tous ceux qui étaient arrivés depuis.

La pièce débordait, bruyante et pleine de vie. Les invités immenses se déplaçaient avec une grâce qui la fit ralentir lorsqu'elle hésita devant la porte. Elle passa de confiante à gênée. Ses pieds s'emmêlèrent et elle bascula en avant, le plateau tendu devant elle. Tant de nourriture sur le point d'être gaspillée. *Pitié, faites que ce ne soit pas retiré de mon salaire.*

Elle ferma les yeux en prévision de l'impact avant de sursauter quand son corps heurta quelque chose de dur. Un bras s'enroula autour de sa taille pour la stabiliser et le plateau lui fut arraché des mains. Au moins, il ne s'était pas écrasé par terre.

Elle ouvrit un œil puis cligna des yeux en voyant cet homme qui tenait son plateau en équilibre dans une main. L'étranger s'agenouilla, lui offrant sa cuisse en guise de coussin pendant que son autre bras – celui qui l'avait empêchée de tomber face contre terre – restait enroulé autour de sa taille. Oh la vache ! Ce type avait des réflexes de super-héros.

— Ceux de Superman, j'espère, répondit-il d'une voix grave et profonde. Il a toujours été pas mal avec ses collants. Même si ce Cavill[1] est encore mieux dans *The Witcher*.

Oh, mon Dieu, elle avait parlé à voix haute. Elle rougit en balbutiant :

— J'ai juste dit merci.

— Dans ce cas-là, de rien.

Son sourire était bien trop parfait. Il était trop... juste trop tout court.

Charlotte s'écarta de son sauveur et se leva.

— Merci d'avoir freiné ma chute.

Il se leva pour lui faire face, tenant toujours le plateau d'une main. Comment faisait-il ? Elle doutait pouvoir le tenir plus d'une seconde sans qu'il ne bascule.

— Le plaisir est pour moi, ronronna-t-il presque.

Cela ne servait à rien de flirter avec elle. Elle tendit les mains.

— J'aimerais le récupérer maintenant.

— Et si je veux le garder ?

— Ce n'est pas possible. C'est pour tout le monde, expliqua-t-elle, remuant les doigts avec insistance.

— Mais je n'aime pas partager et j'adore manger, dit-il avec un clin d'œil avant d'avaler l'un des hors-d'œuvre.

— Sérieux ? Ça marche ce genre d'accroche ringarde ?

Elle fut horrifiée lorsqu'elle réalisa qu'elle avait à nouveau pensé à voix haute. Elle blâma la fatigue. Elle était tellement épuisée bon sang. Et il lui restait au moins encore quatre heures à tenir. Elle allait peut-être avoir besoin de caféine. Et avec un peu de chance, elle ne s'effondrerait pas avant de rentrer chez elle.

— Tu crois que je suis en train de flirter avec toi ? demanda-t-il, en flirtant.

Elle ignora ses techniques de charme.

— Donne-moi ce plateau.

— Dis s'il te plaît.

Elle observa son rictus. Pff, cette façon qu'il avait d'essayer de la manipuler pour obtenir ce qu'il voulait. Pas aujourd'hui, Satan.

— Si tu le veux, garde-le. Je vais en chercher un autre.

— Attends.

Elle lui avait déjà tourné le dos et heureusement pour elle, sa chute avait été remarquée. Pendant que le sous-chef la réprimandait, ils trouvèrent quelqu'un d'autre pour prendre sa place et la remettre à la plonge. Elle ne quitta pas la cuisine pendant plusieurs heures, n'ayant pas le temps de respirer tant l'urgence était grande. La nourriture était préparée et servie en continu. La vaisselle arrivait vite. Elle frottait pour suivre le rythme, se contentant de ce travail monotone, le genre de tâche qu'elle pouvait faire machinalement et qui lui laissait le temps de réfléchir à la prochaine étape.

Elle avait presque assez d'argent pour acheter un billet d'avion et au moins trois mois de loyer en avance. Le problème, c'était qu'elle n'avait nulle part où aller. Mais devait-elle vraiment partir ? Elle n'avait pas encore trouvé son frère.

Où es-tu, Peter ? Elle n'avait pas encore retrouvé sa

trace. À part son appartement qu'elle avait repris pour ses recherches. Cinq mois inutiles.

Ça faisait mal, mais il était peut-être temps pour elle d'abandonner.

Alors que la soirée se terminait, la fête était de plus en plus animée. La musique faisait vibrer les basses, lui donnant un tempo sur lequel elle se rythmait pour laver la vaisselle. Même avec les gants en plastique ses mains se ridaient à cause de l'humidité. Sa peau lui paraissait humide, à moins que ce ne soit juste de la sueur. La cuisine n'était pas le lieu idéal pour se rafraîchir.

Vers minuit, ils l'envoyèrent en pause. Trente minutes rien que pour elle et elle savait déjà comment elle allait les passer. Dehors et non pas parce qu'elle fumait. Avec l'hiver qui approchait, elle prit le temps d'enfiler ses bottes qui n'étaient pas très à la mode, mais elles étaient chaudes et imperméables. Elle glissa le bas de son pantalon à l'intérieur puis enfila un pull et une veste. Pour finir, elle enroula une écharpe autour de son cou avant de sortir, les mains nues dans ses poches.

Soit elle avait réussi à perdre ses gants depuis son arrivée, soit quelqu'un les avait *empruntés*.

Elle quitta la cuisine et se dirigea vers la ruelle. Elle avait hâte de quitter la vapeur et les odeurs et de prendre l'air. Elle dut d'abord traverser le nuage de fumée émis par les cigarettes et les joints qui flottait près de la sortie. Elle secoua la tête quand quelqu'un tendit la main vers elle, lui proposant de fumer.

Pas de drogues. Pas d'alcool. Rien. Certains auraient pu la qualifier d'ennuyeuse.

Ils auraient raison. Elle avait déjà fait la fête dans sa jeunesse. Elle n'avait pas l'intention de recommencer.

Fuyant la fumée, elle se retrouva face à un miasme d'ordures, le conteneur débordant de sacs et de saletés. Assez nauséabond malgré le froid. Elle n'avait même pas envie d'imaginer l'odeur en été.

L'air frais n'était pas encore au rendez-vous, mais elle avait bien l'intention de le trouver. De se trouver un endroit tranquille pour simplement se détendre. Enfonçant le menton dans le col de son manteau, elle se dirigea d'un pas décidé vers la ruelle située derrière le bâtiment de la réception. Si elle se souvenait bien, c'était une rue paisible et les commerces étaient fermés pour la nuit.

Dès l'instant où elle sortit de la ruelle, elle regarda autour d'elle. Non seulement elle était une femme, mais elle était également loin de chez elle, c'est pourquoi elle devait être très vigilante.

La rue était vide des deux côtés.

Enfin seule. La tension dans ses épaules disparut alors qu'elle s'appuyait contre la brique froide et sortait son téléphone, vérifiant pour la millième fois si elle avait reçu un message du « *Mangeur de citrouille* », une blague entre elle et son petit frère.

Ils avaient été si proches quand ils étaient enfants, puis leurs parents étaient morts quand ils n'étaient encore qu'adolescents. Une tante les avait recueillis, mais quand Charlotte avait obtenu une bourse pour l'université, ils s'étaient éloignés. Peter semblait bien se débrouiller. Il avait eu l'opportunité de jouer au foot à l'étranger et avait exercé cette activité pendant plusieurs années jusqu'à ce qu'il se fasse mal au genou. Mais il était resté sur l'autre continent, affirmant qu'il travaillait sur un projet spécial qui le faisait voyager dans toute l'Europe et plus récemment, en Russie.

Cela faisait sept mois qu'elle n'avait pas eu de ses nouvelles. Ils n'avaient jamais attendu plus d'un mois pour se parler. À la fin du deuxième mois, elle avait pris l'avion. Elle avait passé les cinq autres à enquêter, mais en vain. Elle n'avait aucune idée de là où était son frère ni s'il allait bien. Pas une seule. Elle était seule et fatiguée de survivre. Il était temps pour elle de rentrer à la maison avant que le gouvernement ne l'expulse.

Elle avait obtenu un visa de travail de six mois, son autre travail en tant que professeur d'anglais étant la raison officielle de sa présence ici.

Apparemment, les gens étaient prêts à payer pour passer quelques heures avec quelqu'un qui ne pouvait communiquer qu'en anglais. C'était un bon job, mais son visa expirait bientôt. Elle n'avait pas d'autre choix que de retourner aux États-Unis, sauf qu'elle n'avait rien à retrouver là-bas.

Durant sa quête, elle avait abandonné son appartement, sa vie et avait récemment perdu toutes ses affaires dans l'incendie du local qu'elle avait loué. L'argent de l'assurance lui permettrait de remplacer les meubles, mais qu'en était-il des effets personnels ? Elle essaya de ne pas sortir les violons, mais il était difficile de ne pas s'apitoyer sur son sort.

Bouhou, pauvre de moi.

Une voix grave la fit sursauter.

— Tu ne devrais pas rester ici toute seule.

Son corps entier bondit et elle leva la tête. Comment se faisait-il qu'elle ne l'avait pas entendu arriver ? Et que faisait-*il* ici ?

Même si ses traits restaient dans l'ombre, elle le reconnut. L'homme beau et arrogant de la soirée qui avait sauvé son plateau.

— Ça va, tout va bien.

Et puis, évidemment, comme ce n'était pas très malin d'encourager un inconnu, elle ajouta :

— Je suis surprise que tu n'aies pas besoin d'une brouette pour te déplacer après avoir englouti tout ce plateau de nourriture.

Sa réponse insolente le fit hausser les sourcils et il sourit.

— Après que tu sois partie, je me suis rendu compte que j'étais égoïste alors je l'ai partagé avec mes amis. Tu n'as vraiment pas l'air bien. Est-ce qu'il y a un problème ?

— Ça ne te regarde pas. Maintenant, si ça ne te dérange pas, je suis en pause. Si tu as besoin de quelque chose, je te suggère de retourner à la soirée.

Certes, c'était assez grossier de sa part, mais en même temps, elle n'aimait pas que cet inconnu soit seul avec elle dans un endroit où elle ne pourrait espérer aucune aide.

— Sous-entendu, je te dérange, dit-il en rigolant. Je suis vraiment désolé, Cacahuète.

Il n'avait aucun accent et ses dents blanches brillaient dans le noir.

— Je ne m'appelle pas Cacahuète.

— Comment tu t'appelles alors ? Moi c'est Lawrence.

Elle n'aurait pas dû l'encourager, pourtant elle répondit :

— Charlotte.

— Le genre qui tisse des toiles[2] ou qui préfère qu'on l'appelle Charlie ?

— Le genre qui gaspille son temps de pause en te parlant.

Apparemment, il valait mieux qu'elle soit froide sinon il ne la laisserait pas tranquille.

— Peut-on vraiment me reprocher de vouloir faire la conversation à une belle dame ?

Elle ricana.

— Je fais la vaisselle depuis des heures. Je porte le manteau le plus laid qui soit et une énorme écharpe en laine. Je ne suis pas vraiment jolie. Mais j'ai froid. Je ferais mieux de retourner à l'intérieur.

Elle s'écarta du mur, mais il la suivit.

— Tu t'en vas déjà ?

— Je ne suis pas payée pour te parler. Si tu veux bien m'excuser.

Elle le contourna, mais il bougea à nouveau.

— Plus tard peut-être, une fois que tu auras fini de travailler ?

Il était donc *ce* genre de type. Le genre qui ne comprenait pas quand une femme n'était pas intéressée.

Elle sortit une bombe lacrymogène de sa poche et la brandit.

— Recule.

— Pas besoin d'être aussi violente.

— Apparemment si, murmura-t-elle en lui jetant un regard noir pendant qu'elle le contournait à nouveau.

— Donc j'imagine que c'est non ?

Elle trouva parfaitement justifié de lui faire un doigt d'honneur en partant. Trop c'est trop.

Elle marcha en trombe alors que son rire la suivait jusqu'à ce qu'elle tourne au coin de la ruelle. La lumière du lampadaire vacilla. *Bzz. Bzz.* Il fallait revisser l'ampoule.

Les petites braises rouges d'une cigarette à l'autre bout de la rue lui indiquèrent qu'elle n'était pas seule. Pas grave. Cette ruelle était convoitée par les fumeurs. C'était probablement l'un des employés de cuisine. Elle en avait croisé quelques-uns en sortant.

Elle entendit le bruit d'une chaussure sur le trottoir derrière elle. Cet imbécile n'avait pas intérêt à la suivre. Elle se retourna, la bombe lacrymogène dans la main et vit deux personnes – un homme et une femme – vêtus de cuir et l'air mauvais. Leur regard et sourire en coin indiquaient clairement qu'ils la traquaient. Il fallait juste qu'elle retourne à la cuisine et elle serait en sécurité.

Elle pivota, prête à courir, et vit un second homme qui se tenait devant elle.

— Salut, toi.

Il l'attrapa par le bras.

— Au secours !

CHAPITRE TROIS

Lawrence s'était fait rejeter sans ménagement. Et assez brutalement d'ailleurs. Ses tantes se seraient écroulées de rire.

Ça faisait mal. Pourquoi semblait-elle si déterminée à le détester ? Il n'avait rien fait de mal. Il n'avait pas très envie d'être charitable avec elle et pourtant, lorsqu'il vit les deux silhouettes se glisser derrière elle dans l'allée, il les suivit. Ce n'était peut-être rien et pourtant, il sentit les poils sur son corps se hérisser.

— Au secours !

Il l'entendit crier et il ne fit plus preuve d'aucune prudence. Il se précipita dans la ruelle et étudia la situation d'un coup d'œil.

Deux – non trois – personnes faisaient face à la serveuse avec qui il avait flirté. Ils étaient penchés au-dessus de son petit corps, la menaçant par leur taille et leur présence.

C'était hors de question. Ce qui semblait être un

manque de pot pour Charlotte serait pour lui un jeu et l'occasion de faire du sport.

— Où est-il ? Nous savons que tu l'as vu. Dis-moi où il est sinon je te fais mal, la menaça le plus grand avec un fort accent.

Avant de hurler lorsque la demoiselle utilisa sa bombe lacrymogène.

Il faillit trébucher avec grâce. Elle avait beau être humaine et petite, elle était redoutable !

— Enlevez vos sales pattes ! cria-t-elle tout en continuant à pulvériser, mais la brume se transforma en gouttelettes.

Puis, plus rien.

Le voyou aux yeux rouges s'essuya les paupières. Il paraissait furieux. Ça allait bientôt mal tourner. Il fallait qu'il détourne l'attention.

— Hé, connards, vous vous en prenez à la mauvaise personne. C'est moi que vous cherchez, dit Lawrence en leur faisant signe avant de les narguer. Venez me chercher.

Le voyou aux yeux larmoyants lâcha quelque chose en russe et plissa les yeux dans sa direction. Leur conversation donna lieu à quelques haussements d'épaules. La femme, ses cheveux longs tombant en tresse dans son dos, saisit le bras de Charlotte. Le regard noir de Cacahuète ne réduit pourtant pas sa main en cendre.

Lawrence allait devoir l'aider. Dommage qu'il ne puisse pas sortir les griffes. Il s'agenouilla à moitié, réalisant qu'il ne pouvait pas vraiment se transformer, pas en public. Il y avait trop de témoins autour. Il n'avait pas besoin que son ligre se charge de trois voyous de rue. Il fit tourner ses poings en rebondissant, attirant leur regard. Cherchant à les hypnotiser par ses mouvements.

Les voyous s'avancèrent, se séparant, pensant pouvoir l'attaquer chacun de leur côté. Il se baissa et fonça, attrapant le plus grand par la cheville, le faisant basculer. Lawrence se relevait à peine quand le deuxième voyou, celui avec la barbe, plongea vers lui. Il eut juste le temps de placer ses mains sur son torse et de le pousser. Le type heurta le mur de plein fouet et s'effondra sur le sol, étourdi pour le moment, mais pas sorti d'affaires.

Celui qu'il avait fait trébucher s'en était remis et fonçait vers lui. Ils tombèrent par terre et commencèrent à se battre, abimant son costume. Adieu la caution pour la location. Ça arrivait bien plus souvent que ça n'aurait dû.

Il parvint à donner un coup de tête à son assaillant, ce qui lui laissait le gars barbu. Il joua un peu des coudes avant d'enrouler fermement son bras autour du cou du type et de faire pression pour lui faire perdre connaissance.

Lawrence cessa seulement quand il entendit :

— Relâche-le et approche doucement, sinon elle meurt, dit une voix menaçante.

Jetant rapidement un coup d'œil derrière lui, il vit que la femme tenait Charlotte contre sa poitrine. Elle devait faire au moins trente centimètres et quarante-cinq kilos de plus que Cacahuète. Elle tenait un couteau contre la gorge de Charlotte, assez fort pour percer la peau et faire couler un peu de sang.

Et merde.

— Ne t'inquiète pas ma Cacahuète. Je vais te sortir de là.

— Relâche Jarl, ordonna la femme avec un fort accent.

Il était important de noter que Lawrence aurait techniquement pu tuer tout le monde dans cette ruelle. Quelques coups rapides sur la nuque, même une métamorphose en ligre, des coups de griffes et il en serait ressorti vainqueur. Mais Charlotte risquait de mourir.

Certains de ses amis lui diraient : « *Et alors ?* ». Elle n'appartenait pas au Clan. Elle n'était personne et pourtant, il n'était pas le genre de type à laisser une innocente se faire tuer, à cause de lui. Et puis, il était curieux. Qui avait envoyé toute une équipe d'humains pour le retrouver ?

Ils les avaient entendus demander à Charlotte où il était. Pourquoi elle ? Il venait à peine de la rencontrer.

Les voyous les avaient probablement repérés dans la rue.

Ce qui voulait dire que cette attaque était de sa faute. Mais qui étaient-ils ?

Pour le découvrir, il allait devoir aller dans un endroit plus privé avec ces voyous. Obtenir des réponses était synonyme de cris.

— Vous avez gagné.

Il poussa Jar aux yeux rouges loin de lui et leva les mains en l'air.

— Je vais venir doucement, mais ne faites pas de mal à la fille. Elle n'a rien à voir avec ça.

Apparemment, il aurait dû s'inclure dans ce marché. Jarl semblait avoir beaucoup de colère en lui et se défoula sur Lawrence en lui mettant un sac en toile sur la tête – il en avait toute une réserve dans le coffre, pratique – et en lui attachant les mains dans le dos.

C'était vraiment risible. Il aurait pu briser ses liens sans même essayer. Puis ils cherchèrent à l'humilier en le poussant vers la voiture, s'attendant à ce qu'il tombe. Pff, pitié. Un chat retombe toujours sur ses pattes.

Ses ravisseurs discutèrent en russe, le seul mot qu'il reconnut fut « grand ». Ils parlaient probablement de lui. Deux filles russes avec qui il était sorti lui avaient dit assez souvent.

Il entendit les portières se déverrouiller, cependant, Lawrence fut très contrarié lorsqu'ils le jetèrent dans le coffre pendant que la serveuse à l'odeur délicieuse eut le droit de s'asseoir sur la banquette arrière !

CHAPITRE QUATRE

Charlotte était assise contre la portière, le plus loin possible du type pas-si-gentil que ça qu'elle avait aspergé dans les yeux. Jarl semblait énervé contre elle et l'emmenait désormais quelque part avec lui.

Elle essaya de ne pas paniquer. Dites ça à son cœur qui battait la chamade et ses mains moites. Sans parler de la culpabilité qu'elle ressentait à l'idée que le gars qui était venu à son secours se retrouve désormais dans le pétrin.

Ça devait être en rapport avec son frère. Quels ennuis Peter s'était-il attiré cette fois-ci ? Était-ce à cause de la drogue ? Elle pensait pourtant qu'il était désormais clean après avoir passé ces six mois en prison.

Était-ce à cause d'un vol ? Avait-il encore été si idiot ? La dernière fois, il s'en était seulement sorti parce qu'il leur avait donné un plus gros poisson.

Quelle que soit la raison, elle lui passerait un sacré savon quand il referait surface.

Parce que Peter reviendrait. Aucun autre scénario n'était acceptable.

Même s'il était peut-être temps de s'inquiéter pour elle. Que lui voulaient-ils ? Et pourquoi avaient-ils emmené cet autre type ? Comment s'appelait-il déjà ?

Il ne lui fallut que quelques secondes pour se souvenir de son prénom qu'il avait ronronné : *Lawrence*.

Il était venu à sa rescousse et s'était fait jeter dans le coffre. Un geste héroïque, mais stupide. Ou pas si stupide, puisque techniquement il avait gagné le combat dans la ruelle jusqu'à ce qu'elle se fasse attraper par la Méchante Dame qui avait vraiment besoin de faire quelque chose pour cette horrible odeur.

— Où est-ce que vous m'emmenez ?

— Tais-toi, s'agaça la Méchante Dame depuis le siège avant.

— Vous ne pouvez pas me kidnapper comme ça, dit-elle alors que la femme se retournait et lui jetait un regard noir.

— J'ai dit, tais-toi.

— Sinon…, ajouta une voix un peu trop enjouée à sa gauche.

Jarl, avec ses yeux tout rouges, posa une main lourde sur sa cuisse. Elle la repoussa et se blottit contre la portière, essayant de ne pas hyper ventiler.

Lui feraient-ils du mal ? Parce qu'ils semblaient

bien déterminés à la terroriser. Techniquement, ils ne lui avaient pas encore fait de mal, si elle ignorait l'égratignure dans son cou. Mais ce n'était pas parce qu'ils la voulaient en vie que c'était forcément une bonne chose.

Leurs intentions devenaient de plus en plus menaçantes au fur et à mesure qu'ils s'éloignaient de la ville. Passant des lumières vives aux routes sombres, ils roulèrent assez longtemps pour qu'elle fasse une sieste et se réveille en bavant contre la fenêtre. Alors qu'elle se redressait, elle réalisa que Jarl avait la main posée sur le haut de sa cuisse. Elle la repoussa avec dégoût.

Il la lorgna et se lécha les lèvres.

Elle frissonna.

— Nous sommes arrivés, dit la Méchante Dame. N'essayez pas de vous enfuir. Vous n'aurez nulle part où aller.

Bizarrement, Charlotte savait qu'ils disaient vrai. Ils s'étaient arrêtés devant une maison décrépie, bien loin de la ville. Dans la lumière de l'aube, elle vit les champs dégagés, recouverts d'une légère couche de neige, les piquets d'une clôture encore debout à certains endroits. Cela aurait pu être une ferme par le passé, mais la grange usée par le temps s'était effondrée et la maison, avec son apparence déséquilibrée et son toit affaissé, semblait sur le point de disparaître.

On lui prit brutalement le bras avant de la tirer hors de la voiture et la Méchante Dame lui fit monter la marche.

Elle ne put s'empêcher de s'exclamer :

— Mais qu'est-ce que vous me voulez ? C'est à propos de mon frère ? Qu'est-ce qui va se passer ?

— Ferme-la.

L'ordre au fort accent fut accompagné d'une secousse brutale.

Charlotte cria de douleur puis s'étonna du craquement qui provint du coffre. Attendez, la voiture était-elle en train de rebondir ?

Méchante Dame aboya quelque chose au barbu qui tapa sur le coffre du poing en hurlant en Russe. Probablement pour dire : « Calme-toi ».

Comment pouvait-on se calmer ? C'était un désastre !

La voiture s'arrêta de trembler et c'est seulement là que le barbu ouvrit le coffre. Lawrence s'assit, à peine ébouriffé et dit d'une voix traînante :

— Merci pour cette belle sieste.

— Ferme ta gueule.

Les yeux de Jarl étaient toujours rouge sang et pleuraient constamment, malgré la bouteille d'eau qu'il s'était versée sur le visage. Il paraissait épuisé, malade et en colère. Il passa à côté de Charlotte en direction de la maison, sortit une clé de sa poche et la glissa dans la serrure. Parce qu'évidemment c'était logique de fermer la porte d'une maison perdue au milieu de nulle part.

Méchante Dame poussa Charlotte vers l'entrée. Si elle entrait à l'intérieur, c'était fini. Elle savait comment cela se terminait dans les livres.

Ils allaient probablement la tuer. Ou au moins, la blesser gravement.

Elle paniqua et trébucha sur ses pieds. En quelques secondes à peine, son corps maladroit se mit à tanguer.

Cette fois-ci, personne ne la sauva, mais elle mit assez rapidement les mains en avant pour n'avoir mal qu'au niveau des paumes. Cette fois-ci, son visage était sain et sauf. Ses lunettes aussi. Elle avait eu de la chance de ne pas les perdre. Elle était plutôt myope sans. Un jour, quand elle aurait les moyens, elle se ferait opérer au laser et découvrirait ce que c'est de se réveiller le matin sans avoir à loucher sur l'horloge.

Mais ce jour-là n'était pas encore arrivé.

On la releva brutalement avant de la pousser à nouveau vers la porte. Elle trébucha et fit de son mieux pour ne pas tomber une seconde fois. À travers sa terreur, elle entendit un grondement sourd.

Y avait-il des animaux sauvages à la campagne ? Elle jeta un regard effrayé par-dessus son épaule et malgré les champs vides et recouverts de neige elle se demanda si elle ne serait pas plus en sécurité à l'intérieur.

Le couloir s'avéra aussi décrépi que l'extérieur, le papier peint se décollait, le plâtre était irrégulier et fissuré à certains endroits et l'on voyait à travers. Elle eut un aperçu rapide d'une pièce avec un canapé, le dossier s'affaissant, ainsi que quelques chaises en bois dépareillées et une cheminée froide.

Les kidnappeurs parlaient à nouveau en russe et elle ne comprenait rien à ce qui se tramait. Poussée en direction des escaliers, Charlotte grimpa. Où pouvait-elle aller sinon ?

Elle vit une porte tout au bout du couloir en pente équipée d'un moraillon et d'un cadenas qui pendait. Il n'était pas difficile de deviner leur destination.

Elle recula devant la porte. Si elle entrait, elle serait vraiment prisonnière.

— Non. Je...

Ils ne l'écoutèrent pas. Ils la poussèrent et elle bascula sur le seuil, trébuchant par-dessus un matelas au sol. Elle s'écroula assez fort pour se casser les dents.

Pendant quelques battements de cœur, elle resta immobile. Durant ce court répit, elle observa la pièce affreuse avec son papier peint à fleurs décollé, éclairé par une ampoule nue suspendue au plafond. Le matelas était recouvert d'une couverture miteuse et froissée sans housse. Les taches sur le tissu étaient nombreuses et variées et les nuances de jaune, marron et même de vert putride la firent fuir et s'asseoir dans un coin poussiéreux.

Elle regretta plus que jamais de ne pas être restée aux États-Unis. Personne ne savait où elle était. Personne ne penserait à venir la chercher quand elle aurait disparu.

Idiote. Elle était tellement idiote.

Il fallait qu'elle s'échappe. La porte devait être fermée, elle les avait entendus la verrouiller dès l'instant où ils l'avaient jetée à l'intérieur. Il restait donc la fenêtre.

Se levant, elle s'avança vers celle-ci pour la trouver fermée.

— Non.

Elle enroula ses doigts autour du rebord et plaqua le front contre la vitre sale. Elle était vraiment foutue.

Clic. Elle pivota vers la porte qui s'ouvrit soudain et Lawrence fut jeté dans la pièce. Disons plutôt qu'il entra calmement. La porte fut claquée et fermée à double tour. Mais au moins, elle n'était pas seule.

Contrairement à elle, Lawrence ne paraissait pas du tout nerveux. Il lui fit un grand sourire.

— Salut, Cacahuète. T'as l'air un peu secouée. Quelqu'un t'a fait du mal ?

— Pas encore, mais ça ne va pas tarder, dit-elle en se tordant les mains. On est foutus.

— Pourquoi tu penses ça ?

Elle le regarda fixement pendant quelques secondes.

— Tu ne fais pas attention ou quoi ? Nous avons été kidnappés. Enfermés dans une pièce. On va probablement nous torturer. Ou nous tuer. Ou pire.

— Il y a pire ? demanda-t-il en haussant les sourcils.

— Je suis une femme, évidemment qu'il y a pire. Et vu que tu es un beau garçon, tu devrais t'inquiéter aussi.

Il resta bouche bée puis ses épaules se mirent à trembler alors qu'il rigolait.

— Ça n'arrivera jamais.

— Comme si tu avais le choix. Ils sont trop nombreux.

— Bah. Trois ce n'est rien. Cette fois-ci, je m'assurerai que tu sois hors d'atteinte et *grrr* !

Il imita un rugissement et Charlotte leva les yeux au ciel.

— Prétendre que tu es un lion féroce ne va pas nous aider. Ces voyous ont des couteaux et des pistolets. Ils sont dangereux.

— Ne t'inquiète pas, Cacahuète.

— Ne pas m'inquiéter ? Tu as perdu la tête ou quoi ? Nous sommes enfermés dans une chambre au milieu de nulle part avec des meurtriers. On est complètement foutus, gémit-elle.

Sans oublier que s'ils étaient des meurtriers, il y avait donc peu de chance que Peter soit encore en vie. Le peu d'espoir qui lui restait se recroquevilla avant de disparaître.

— Aie confiance, Cacahuète.

— Je ne m'appelle pas Cacahuète.

— Et tu n'aimes pas non plus qu'on te surnomme Charlie.

—Quoi, Charlotte ça ne te convient pas ?

— Je dirais que vu ce que nous sommes en train de partager, on peut s'appeler par nos surnoms. Tu peux m'appeler Law.

— Je vais surtout t'appeler Pénible si tu continues. Ce n'est pas le moment de flirter ou de jouer à des jeux débiles ! s'emporta-t-elle.

— Premièrement, c'est toujours le moment de flirter et deuxièmement, ce n'est pas un jeu, dit-il avec un clin d'œil. Ça s'appelle de l'humour et ça sert à calmer tes nerfs.

— Mes nerfs vont très bien.

— Dit celle qui tremble comme une feuille.

Ah bon ? Charlotte baissa les yeux et vit que tout son corps tremblait.

Seulement pendant une seconde, ensuite il la prit dans ses bras.

Le premier mot qui lui échappa fut : « Hé ! », mais avant qu'elle ne puisse dire autre chose, la chaleur la pénétra, la tension dans ses épaules disparut et elle se sentit moins anxieuse de manière générale. Elle ne se souvenait pas s'être sentie aussi bien un jour. C'était si parfait.

Il rompit le sort, non pas en lui caressant le dos, mais en murmurant :

— Voilà, ça c'est ma Cacahuète.

— Je ne suis pas ta Cacahuète, lâcha-t-elle en s'écartant. Ce n'est pas le moment de faire n'importe quoi. Nous sommes dans un sacré pétrin.

Elle fut surprise que Lawrence ne lui ait toujours pas demandé pourquoi. Comment expliquer que son frère ne respectait pas toujours la loi ?

— Tout ira bien.

— Ton optimisme est mal placé.

—Je suis probablement plus arrogant qu'optimiste, car je suis bien trop beau pour mourir jeune, dit-il avec un clin d'œil. Et toi aussi.

Il la trouvait jolie ? *Non. Ne te laisse pas distraire.* Elle secoua la tête.

— Je ne comprends pas comment tu peux être aussi optimiste.

— Il faut juste me faire confiance.

Lui faire confiance ? Elle venait tout juste de le rencontrer et il n'avait pas encore fait bonne impression, à part quand il avait essayé de la sauver.

N'ayant pas grand-chose à faire à part être nerveuse, le temps passa lentement. Pour sa défense, Lawrence essaya d'apaiser la situation avec plusieurs traits d'esprit qui entraient par une oreille et sortaient par l'autre. Elle était dans ses pensées, essayant de trouver un moyen de s'en sortir et ne lui prêtait pas vraiment attention.

Le déjeuner leur fut servi, du pain et du fromage avec une eau trouble. Au moins, ils ne mourraient pas de faim. En tout cas, elle non. Lawrence renifla et fronça le nez.

— Je ne mange pas cette merde.

— Il y en aura plus pour moi alors.

Elle refusa de le convaincre de manger un morceau. C'était un grand garçon. Il n'avait qu'à mourir de faim s'il faisait la fine bouche. Elle mit sa nourriture de côté au cas où leur prochain repas ne serait pas servi de sitôt.

Après que la nuit soit tombée, ils entendirent le bruit d'une voiture qui approchait. Jetant un coup d'œil par la fenêtre, elle ne vit rien, mais elle entendit des voix. De nouvelles voix, au moins trois, peut-être même plus avec des portières qui claquaient.

Puis le silence, à part le bruit des pas dans l'escalier et des craquements dans le couloir.

Lawrence abandonna sa place près de la fenêtre et se posta devant la porte quelques secondes avant que celle-ci ne soit grande ouverte. Le plus grand des voyous prenait toute la place dans l'encadrement de la porte. Avec cette barbe et cette expression sur son visage, il ne lui manquait plus qu'un cache-œil pour avoir l'air d'un pirate. Il tendit un doigt dans sa direction.

Gloups. Le moment était venu. Avec un peu de chance, ça ne ferait pas mal.

Alors qu'elle s'apprêtait à contourner Lawrence, il tendit le bras pour l'arrêter.

— J'apprécie ton soutien, Cacahuète, mais je m'en charge.

Puis, il la mit très mal à l'aise en disant d'une voix traînante :

— Ça te tuerait de frapper ? Et si j'avais été occupé avec la demoiselle ?

CHAPITRE CINQ

Lawrence méritait, à juste titre, que Charlotte le frappe légèrement dans le dos. Ses mots étaient grossiers et pleins de sous-entendus, mais pour une bonne raison. Il valait mieux revendiquer la femme maintenant avant que ce pervers ne croie pouvoir poser ses mains sur elle. S'ils s'imaginaient pouvoir toucher à sa Cacahuète, ils pouvaient tirer un trait dessus.

Il se tint devant Barbe Brune et ajouta :

— T'as une cravate ou une chaussette qu'on pourrait utiliser pour vous indiquer quand vous pouvez entrer ?

— Qu'est-ce que tu fais ? siffla-t-elle.

— J'établis une revendication pour qu'ils sachent que tu es prise, murmura-t-il en retour. Je te suggère de jouer le jeu.

Même si apparemment, le type en face de lui ne comprenait pas un mot.

Barbe Brune baragouina quelque chose en russe. Cela incita le gars aux yeux rouges à intervenir.

— C'est quoi le problème maintenant ? demanda Jarl d'un ton agressif, poussant Barbe Brune sur le côté.

— J'expliquais simplement à ton ami que ce n'est pas cool de me casser mon coup.

— Oh ! s'exclama Charlotte avant de le frapper à nouveau dans le dos.

— Ta bouche, elle bouge trop, se plaignit Jarl.

— Je te signale que ma bouche est l'une des parties de mon corps les plus précieuses. On m'a dit que j'étais doué à l'oral, et pas seulement sous la couette.

Il fit un clin d'œil, sans vraiment flirter avec le voyou, mais cherchant à le déstabiliser. Et cela fonctionna.

Jarl vacilla, ses traits fins se déformant.

— Suis pas intéressé.

— Alors pourquoi m'avez-vous kidnappé ? demanda Lawrence avec audace, espérant obtenir une réponse.

Était-ce encore à cause d'une ex-petite amie tarée ?

— Le patron parler avec toi.

— Quel patron ?

— Le grand patron. Fais pas idiot. Tu sais ce que tu as fait.

Lawrence secoua la tête.

— Mec, j'ai fait tout un tas de choses. Il va falloir que tu sois plus précis. La seule chose dont je suis sûr, c'est que, quelle que soit la raison qui vous a rendu furax, Charlotte n'a rien à voir là-dedans. Laissez-la partir.

— Silence, moi commander.

— Tu as étudié avec le maître vert[1] ? Ou bien, je devrais plutôt dire : appris avec le maître, tu as.

— Viens. Maintenant ! gronda Jarl.

Jarl et Barbe Brun se positionnèrent des deux côtés de la porte et l'attendirent.

Ce n'est que lorsqu'ils furent sur le point de fermer la porte qu'il réalisa que Charlotte ne venait pas.

— Que comptez-vous faire d'elle ?

— Ce que je veux, s'esclaffa Jarl.

Il méritait totalement le coup de poing au visage que lui administra Lawrence en faisant craquer son nez. Ce ne fut que lorsque le type agaçant se mit à pisser le sang et crier que Lawrence mit les mains dans le dos. Barbe Brune regarda Jarl, puis Lawrence.

Ce dernier haussa les épaules.

— Il ne devrait pas insulter une demoiselle.

— C'est assez ironique de ta part, dit Charlotte.

À vrai dire, c'était surtout hypocrite. Elle ne le connaissait pas encore assez pour voir qu'il utilisait toujours les mots à son avantage. Une simple phrase pouvait parfois déstabiliser les plus coriaces. Particulièrement les brutes, qui détestaient qu'on se moque d'elle. Ça les irritait particulièrement. Il suffisait de regarder Jarl qui arrivait en vacillant avant de se faire assommer.

Face au soupir de Barbe Brune, Lawrence agita les mains, l'air de dire : *à quoi tu t'attendais ?* Quand Jarl s'approcha pour la troisième fois, Barbe Brune se tint devant lui et aboya quelque chose en Russe, ce à quoi Jarl répondit. Et à en juger par son ton – boudeur et qui promettait des représailles – Jarl attendrait pour exercer sa vengeance.

Qu'il vienne. La prochaine fois, Lawrence ne se contenterait pas seulement de lui casser la figure.

Jarl ferma la porte, laissant Charlotte seule à l'intérieur. Ils encadrèrent Lawrence dans le couloir. Les escaliers grincèrent sinistrement avec les trois hommes qui descendaient en même temps, mais ils survécurent et arrivèrent au rez-de-chaussée, éclairé par une variété d'ampoules nues et quelques lampes, dont certaines vacillaient. Dans un endroit aussi vieux que cette maison, il était surprenant qu'il y ait encore de l'électricité.

La danse des ombres aurait pu paraître plus sinistre et impressionnante pour quelqu'un d'autre. Le visage fermé des deux nouveaux hommes était ennuyeux. Les armes à feu que portaient les gardes risquaient d'être un problème, mais seulement s'ils parvenaient à les dégainer et viser à temps. Il n'avait pas l'intention d'être lent quand il agirait.

Une femme, qui n'avait pas enlevé son manteau, s'assit sur une veste posée sur le canapé affaissé. Du mascara sombre soulignait ses yeux. Ça devait être la patronne.

— Tu es plus grand que ce à quoi je m'attendais, déclara-t-elle.

— De partout, bébé, dit-il avec un clin d'œil.

Elle pinça ses lèvres très maquillées.

— Dis-nous où c'est.

— Où est quoi ?

— Ne fais pas l'idiot. Je sais pourquoi tu es venu en Russie.

— Le mariage de mon meilleur ami n'était pas vraiment un secret.

— Quel mariage ? Ne change pas de sujet. Est-ce que tu l'as trouvé ? demanda-t-elle en se penchant en avant.

Ce fut à son tour de paraître perplexe.

— Trouver quoi ? Je ne sais pas de quoi vous parlez.

— Tu mens, dit-elle en faisant claquer sa canne en bois sculptée sur le sol, à deux doigts de bondir du canapé. Nous savons que tu étais sur sa piste. C'est ce que tu disais dans la lettre que nous avons interceptée.

L'histoire était de plus en plus tordue et n'avait toujours rien à voir avec lui, mais il était intrigué. Un trait de caractère typique des félins.

— Qu'est-ce qui vous fait croire que j'ai envie de vous le donner ?

Peut-être que s'il jouait le jeu, elle lui en apprendrait plus.

— Donne-le, sinon nous lui ferons du mal.

— Et qu'est-ce qui vous fait croire que j'en ai quelque chose à faire de Charlotte ?

C'était le cas, mais s'il l'admettait il allait devoir comprendre pourquoi. Il ne l'avait rencontrée que la veille au soir. Elle le détestait. Et pourtant, il éprouvait le besoin de la protéger. Mais là encore, il protègerait n'importe qui au sein du Clan si la personne était en danger.

La patronne haussa un sourcil épilé.

— Es-tu en train de dire que tu t'en fiches d'elle ?

Elle sourit. Un sourire maléfique, bien plus sinistre qu'un chat noir qui traverse la route.

— Jarl sera ravi de l'apprendre. Il a toujours eu un truc pour les Américaines.

Le sous-entendu lui arracha un grognement.

— Laissez-la tranquille.

— Si tu veux qu'elle soit en sécurité, il faudra me donner ce que je veux.

Son premier réflexe aurait été de lui dire de fourrer ses exigences là où il le pensait. Mais c'était irréfléchi. Il y avait pas mal de gardes dans cette pièce, sans mentionner ceux qui pourraient s'en prendre à Charlotte avant qu'il n'ait le temps de la rejoindre. Il fallait qu'il égalise les chances. Il ne fallait jamais attaquer en étant désavantagé à moins que notre vie n'en dépende. Il chercha un moyen de gagner du temps.

— Et si je ne l'ai pas encore ?

— Alors tu nous diras où il se trouve.

— Et si je refuse ? Vous allez m'emmener au sous-sol et me torturer ? proposa-t-il.

Cela permettrait de réduire le nombre de gardes autour de lui. Peu de gens pouvaient supporter les cris et le sang.

— La torture c'est beaucoup de bazar pour rien et elle est souvent peu concluante, dit la Patronne avant de froncer le nez et de lui faire un sourire de requin.

De nos jours, on utilise la drogue. Heureusement pour toi, j'ai un tout nouveau sérum de vérité que j'aimerais essayer.

Elle claqua des doigts et il y eut du mouvement derrière lui.

Alors qu'il se retournait pour voir un grand type tendre la main, il leva les bras pour le bloquer et rata le gars qui se faufilait derrière lui.

La piqûre dans son bras fut à peine perceptible. Elle disparut aussitôt et ne méritait même pas son attention.

Pourtant, Lawrence aurait dû s'en préoccuper, car soudain, ses sens furent troublés, sa vision se brouilla et quand il reprit conscience, il se réveilla dans une drôle de cabane, au lit avec une femme.

Une humaine – et à en juger par son odeur et les marques sur son cou – elle était sa compagne.

CHAPITRE SIX

— Qui es-tu ?

Lawrence se réveilla aussi soudainement qu'il s'était évanoui et observa Charlotte comme s'il ne l'avait jamais vue auparavant.

C'était assez culotté étant donné qu'il était sur elle et l'immobilisait sur le lit.

Le fait qu'il lui pose la question la rendit encore plus froide.

— Je t'interdis de faire comme si tu ne te souvenais pas.

— Tout est flou, grimaça-t-il en fermant les yeux et en fronçant les sourcils. J'ai trop bu ?

— À toi de me le dire et pendant que tu y réfléchis tu n'as qu'à me lâcher. Tout le monde n'apprécie pas de se faire écraser comme un insecte, s'agaça-t-elle, toujours aussi vexée qu'il ne se souvienne pas d'elle.

Elle repensa à son flirt scandaleux. *Pff, tout ça pour ça.*

Elle n'était qu'une fille parmi d'autres pour lui.

— Est-ce qu'on peut encore se câliner un peu ? demanda-t-il.

Elle ne cèderait pas. Pas après tout ce qu'il avait fait.

— Non.

Elle prit une grande inspiration quand il roula sur le côté.

Bizarrement, son poids sur elle lui manqua immédiatement. Même si elle s'était retrouvée piégée, cela la rassurait aussi. Elle avait été si terrorisée dans cette ferme abandonnée. Puis il était venu la sauver. Il avait ouvert la porte de sa prison comme s'ils étaient dans un film d'action mettant en scène un grand guerrier Viking berseker[1]. Il avait attrapé son assaillant et l'avait jeté à l'autre bout de la pièce, ses traits plus bestiaux qu'humains. C'était probablement un effet d'optique qui avait été exagéré parce qu'elle était à bout de nerfs.

Sauf qu'il s'était aussi comporté sauvagement.

Elle porta la main à son cou, collant et couvert de sang séché, pourtant elle ne ressentait aucune douleur.

— Ça ne suffit pas d'être désolé.

Il baissa les yeux vers ses doigts, puis déglutit avec difficulté avant de demander d'une voix aiguë :

— Qu'est-ce qui s'est passé ? La dernière chose dont je me souviens... Je...

Il fronça les sourcils.

— En fait, je ne me souviens de rien après la seringue, conclut-il.

— Ils t'ont drogué ?

Ça expliquerait beaucoup de choses.

— Ouais, avec quelque chose qui était censé me faire cracher le morceau, mais je crois que j'ai mal réagi et que ça m'a plongé dans un état comateux.

— Ça impliquerait que tu étais incapable d'agir. Pourtant je t'assure que tu étais tout sauf endormi.

Il avait même paru encore plus dynamique que d'habitude. Bouillonnant d'énergie.

— Que s'est-il passé ?

Manifestement, il ne s'en souvenait pas, alors elle lui raconta, revivant son sauvetage pour la énième fois sans pouvoir le comprendre.

— Après que tu sois parti, le type que j'ai aspergé avec ma bombe est venu me rendre visite.

La porte de la chambre s'ouvrit en grinçant lentement et Jarl lui sourit depuis le seuil. Il dit quelque chose en russe.

Elle secoua la tête.

— Je ne comprends pas.

Jarl entra dans la pièce et ferma la porte. Un sourire cruel étira ses lèvres.

— Déshabille-toi.

Elle secoua la tête comme une folle et cria :

— Non !

— Fais-le. Sinon...

Comment son « sinon » pouvait-il être pire que ce qui se passerait si elle lui obéissait ? Ses intentions étaient forcément affreuses.

Elle leva le menton.

— Je ne ferai rien pour toi. Relâche-moi.

Une demande audacieuse qui provoqua un rire inattendu.

— T'as envie de te battre ? Alors battons-nous, dit-il en lui faisant signe, impatient de s'y mettre tout en sachant qu'elle était foutue.

Une bombe lacrymogène et un coup de genou bien visé étaient ses seules notions d'autodéfense.

— Déshabille-toi, sinon je le fais pour toi.

Il sortit un couteau à cran d'arrêt de sa poche et elle sentit sa bouche devenir sèche.

Si elle luttait, il risquait de la blesser. Mais si elle ne le faisait pas... Il risquait aussi de la blesser.

La situation était sans issue, alors quel serait le facteur décisif ? Le courage ou la lâcheté ?

Charlotte hurla et courut vers lui, son plan, qu'elle venait de rapidement élaborer, était de suffisamment l'effrayer pour réussir à le contourner. Et peut-être parvenir à aller dans le couloir et les escaliers.

Et ensuite ? Elle trouverait si elle – Poum !

Elle heurta son torse et il émit un grondement sourd. Mais il ne bougea pas. Il s'en remit rapidement et la poussa, brandissant le couteau devant lui, marmonnant un flot de jurons en russe et elle en comprit certains. C'était les premiers mots qu'elle avait appris quand elle avait emménagé.

Jarl s'avança vers elle. Il ne rigolait plus ni ne souriait.

Elle avait peut-être empiré les choses. Elle recula, mais elle n'avait pas beaucoup de chemin à parcourir. Son dos heurta le mur et stoppa sa fuite.

Il s'arrêta juste en face d'elle. Elle sentit son haleine fétide sur son visage quand il se pencha vers elle et murmura quelque chose en russe. Probablement quelque chose de violent et d'obscène.

Elle ferma les yeux alors que la pointe de son couteau se posa sur son chemisier juste à côté du premier bouton.

Puis la porte s'ouvrit d'un coup. Assez fort pour qu'elle heurte le mur et rebondisse.

Lawrence entra, ses yeux brillant de rage, retroussant les lèvres pour grogner. Il paraissait extrêmement féroce et n'avait pas peur de s'en prendre à Jarl et son couteau.

Il n'y eut pas vraiment de compétition. Lawrence attrapa Jarl comme s'il ne pesait rien et le jeta. Le voyou se cogna au mur et s'effondra.

Mais Lawrence n'avait pas fini. Il saisit Jarl par la chemise et le traîna jusqu'à la fenêtre fermée. Il le jeta à travers, le verre se brisant et tombant avec le corps.

Elle tressaillit.

— Tu l'as jeté par la fenêtre !

— Il le méritait, grogna Lawrence en se tournant vers elle, respirant bruyamment, bouillonnant de rage.

C'était à la fois terrifiant et captivant. Il tendit la main vers elle.

— Viens.

Sa voix paraissait différente, plus grave et plus rauque que d'habitude. Effrayante aussi.

— Qu'est-ce qui ne va pas chez toi ?

— Rien. On s'en va. Tout de suite.

— Dehors ?

Dans le froid et l'obscurité ? Elle attrapa son manteau et l'enfila rapidement par-dessus son pull. Elle avait perdu son écharpe, mais elle avait toujours ses bottes tandis que Lawrence restait en costume, qui était désormais déchiré et couvert de... Était-ce du sang ?

Elle recula. Comment avait-il pu s'échapper pour venir à son secours ?

Il l'attendit près de la fenêtre, la main tendue. Était-ce vraiment important de savoir comment il avait pu venir la chercher ? Il faisait partie des gentils. La légitime défense n'était pas un crime et il avait envie de l'aider à s'échapper.

Elle glissa sa main dans la sienne et il l'attira contre lui, la chaleur qui émanait de lui étant la bienvenue compte tenu des frissons qui la parcouraient. Jetant un coup d'œil par la fenêtre elle aperçut un toit en mauvais état, les bardeaux se déformant et s'écaillant. Jarl gémissait et se roulait par terre.

— Vite, dit Lawrence.

Il se faufila par la fenêtre en premier, s'assurant qu'elle était assez grande, et se tint sur le toit. Celui-ci ne s'effondra pas sous son poids. Il tendit à nouveau la main.

Faisant attention au verre de la fenêtre, elle sortit, ses doigts s'enroulant autour des siens, espérant qu'elle ne glisserait pas sur le toit abimé et en pente. Un cri aigu la fit regarder par-dessus son épaule et elle vit que Méchante Dame était entrée dans la pièce.

— Ils savent que l'on s'échappe ! s'exclama-t-elle plutôt inutilement.

Au lieu de lui répondre, Lawrence relâcha sa main et se dirigea d'un pas rapide vers le bord du toit. Il n'hésita pas et ne regarda même pas en bas.

Elle resta figée une seconde après qu'il eut sifflé :

— Tu viens ?

Avant même qu'elle ne puisse bouger, on l'attrapa. Méchante Dame avait agi rapidement en la saisissant. Surprise, Charlotte recula et parvint à se libérer.

Mais elle perdit l'équilibre. Elle tomba sur les fesses et glissa.

Oh, mince...

Une pensée qui résonna dans son esprit durant sa chute et qui cessa lorsque des bras musclés la rattrapèrent.

Elle cligna des yeux.

— Je suis en vie ?

Lawrence eut un sourire bien trop jovial par rapport à la situation.

— Comme si tu pouvais avoir un doute.

Quelqu'un hurla, sonnant l'alarme pour annoncer qu'ils s'échappaient. Ils étaient de l'autre côté de la maison, loin de la porte d'entrée, dans une ombre partielle, et pourtant ils ne tarderaient pas à être repérés.

— Allons-y.

Lawrence enroula ses doigts autour des siens et l'entraîna dans une course folle, donnant un coup de pied à Jarl au passage, le faisant retomber par terre.

Charlotte essaya. Elle essaya vraiment, mais elle ne pouvait pas suivre son rythme. Elle n'avait pas de rythme, elle n'arrêtait pas de trébucher.

Quand il s'arrêta brusquement, elle s'attendit à ce qui lui hurle dessus à cause de sa maladresse et sa lenteur.

Au lieu de ça, il la hissa par-dessus son épaule et partit en courant, tellement vite qu'on aurait dit qu'ils avaient simplement marché un peu plus tôt. L'air de la nuit était glacial et son épaule s'enfonçait dans son estomac. La neige qui tombait légèrement n'améliora pas la situation, mais elle permit de brouiller les pistes car il sprinta à travers les champs pour rejoindre les bois et franchir la lisière. Le hurlement s'atténua, tout comme la lumière, mais il ne s'arrêta pas pour autant.

Lawrence continua de courir, la secouant alors qu'elle s'accrochait à lui, le visage enfoncé contre son dos. Cela dura plusieurs minutes. Des heures même. Elle n'aurait pas pu dire, à part qu'elle avait mal partout lorsqu'il ralentit enfin. Il ne la reposa pas par terre, même lorsqu'ils atteignirent une cabane délabrée. Il ne frappa pas et se contenta d'ouvrir la porte d'un coup de pied, ce qui était assez audacieux étant donné qu'elle s'attendait à ce qu'elle s'écroule au moindre choc.

L'intérieur s'avéra plus solide que prévu mais décrépi, car tout était recouvert de poussière. Les toiles d'araignées étaient elles-mêmes recouvertes de toiles d'araignées. Il y avait des crottes de souris et d'autres morceaux de selles qui s'étaient solidifiés avec le temps.

Des meubles basiques remplissaient l'espace, dont une table recouverte d'un rideau avec une bassine crasseuse sur le dessus et des tabourets fabriqués à l'aide d'un tronc d'arbre sur des pieds en bois.

Le lit n'était qu'un tas de couvertures sales et abandonnées probablement imprégnées de virus provoquant des maladies pulmonaires. Et il la jeta dessus.

Elle toussa et tressaillit, luttant pour échapper à ce lit sûrement infesté de vermines, mais se retrouva bloquée par Lawrence.

— *Qu'est-ce que tu fais ?*

— *Je dors, gronda-t-il.*

— *On ne peut pas dormir. Et si ces gens nous retrouvent ?*

— *Ils ne le feront pas. Et ce n'est pas d'eux que tu dois avoir peur.*

Au lieu d'expliquer ce qu'il voulait dire par-là, il frotta son nez contre elle et grogna. Littéralement et le grondement fut assez sourd pour faire vibrer sa peau.

Elle aurait pu jurer qu'il était en colère.

— *Qu'est-ce qui ne va pas ?*

— *Je sens toujours son odeur sur toi.*

Elle supposa qu'il parlait de Jarl.

— *Ne t'inquiète pas. Je suis sûre que ce sera rapidement remplacé par l'odeur de mort et de pisse qui imprègne cet endroit.*

Il frotta sa joue contre la sienne.

— *Je veux que tu portes mon odeur.*

— *Euh, c'est bizarre.*

— C'est vrai étant donné que je n'ai encore jamais voulu faire ça avant.

Il leva la tête, assez haut pour pouvoir la regarder.

— Il y a quelque chose de différent chez toi, Cacahuète.

— Et c'est une mauvaise chose ?

Il plissa les lèvres.

— Je ne sais pas encore. Après tout, on ne se connait que depuis un jour.

— Même pas.

Et qu'est-ce que ça avait été tumultueux !

— Je suis fatigué.

Il posa son front contre le sien.

— L'un de nous ne devrait-il pas monter la garde ?

— Je ne laisserai personne te faire de mal.

Il souffla chaudement ses mots contre ses lèvres qui s'écartèrent, comme si elles anticipaient un baiser. Sauf qu'il se remit à sentir son cou, chuchotant contre sa peau :

— Pourquoi est-ce que tu sens si bon ?

Pourquoi était-ce si agréable de le sentir contre elle ? Elle fut parcourue de picotements. Elle ne put s'empêcher de se tortiller légèrement lorsqu'il traîna ses lèvres le long de son cou.

Elle aurait dû le repousser.

Mais elle méritait tout ça. Après tout, elle avait failli mourir.

Elle apprécia le moment jusqu'à ce qu'il la morde.

— Mais ça va pas ou quoi !? cria-t-elle.

— La mienne, répondit-il d'une voix gutturale.

— Et ensuite, tu t'es mis à ronfler comme un train de marchandises.

Elle conclut le récit sans mentionner qu'elle avait ensuite passé une bonne partie de la nuit à avoir des courbatures entre les cuisses, se traitant de tous les noms.

— Je ne ronfle pas ! protesta Lawrence.

— Si. Très bruyamment. Et tu pèses une tonne.

— C'est faux ! s'exclama-t-il. Je suis parfaitement en forme.

— Je n'ai jamais dit que tu ne l'étais pas. Tout le monde sait que les muscles ça pèse lourd. Je peux même en témoigner puisque c'est moi que tu as écrasée pendant des heures. Peut-être même des jours. Tu as eu de la chance que je n'ai pas eu envie de faire pipi !

— J'ai été drogué, répondit-il en boudant.

— C'est l'excuse que tu vas utiliser pour expliquer pourquoi tu t'es transformé en vampire et que tu m'as mordue ?

— Pardon mais je ne suis pas un vampire suceur de sang. Attends, je ne t'ai pas sucé le sang quand même, si ? demanda-t-il d'un air hésitant.

— Non, mais tu m'as entaillé la peau. Regarde.

Elle pencha la tête en arrière pour lui exposer son cou.

Il parut choqué.

— Je n'arrive pas à croire que j'ai fait ça.

— Pourtant si.

Il ferma les yeux et laissa tomber la tête en arrière.

— C'est pas bon ça.

— Sans blague ?

Elle resta sur le lit un moment, se demandant s'ils n'avaient pas dormi une journée entière étant donné l'obscurité qui régnait dans la cabane. Il faisait aussi plus froid. Ayant du mal à s'asseoir, elle ramena ses genoux contre sa poitrine et les serra contre elle.

— Il est probablement trop tard pour inverser le processus, marmonna-t-il.

C'était une remarque stupide et une drôle de façon de la formuler. Attendez… insinuait-il qu'il pouvait avoir une sorte de maladie ? Comme la rage ou autre ? N'était-ce pas le pire qui pouvait arriver après une morsure ou est-ce que cela ne s'appliquait qu'aux animaux sauvages ? Existait-il un vaccin pour réparer ce qu'il avait fait ?

Il tendit la main vers elle pour la toucher, mais elle tressaillit.

— Oh non. La dernière chose dont j'ai besoin c'est que tes doigts sales introduisent encore plus de bactéries dans la plaie.

— Ça ne s'infectera pas.

— Tu ne peux pas en être sûr. J'ai besoin de soins médicaux.

— Tout ira bien, gronda-t-il.

Il passa une main dans ses cheveux.

— J'imagine que tu ne sais pas où nous sommes.

Elle secoua la tête.

— Non.

— T'as un téléphone ? demanda-t-il avec espoir.

— Ils nous les ont pris et nous sommes partis sans les récupérer.

— C'est malheureux.

— Malheureux ?! hurla-t-elle. Nous sommes perdus au milieu de la campagne russe avec des tueurs à nos trousses, sans nourriture, sans voiture, sans rien ! On est dans la merde ! Elle n'avait pas souvent recours aux jurons, mais leur situation n'était pas ordinaire.

— Tu es super mignonne quand t'es en colère.

— C'est le truc le plus macho que tu aies dit jusqu'à présent.

— En quoi est-ce mal de dire que tu es mignonne ?

— Parce que.

— Et c'est en ça que nous sommes différents. J'adorerais savoir à quel point je suis beau quand je suis en colère.

— Tu n'es pas vraiment beau, tu ressembles surtout à un animal.

Son visage devint plus sérieux.

— Tu dis ça comme si c'était une mauvaise chose.

— Parce que ça l'est. On aurait dit quelqu'un d'autre. C'était assez effrayant.

Sexy aussi, mais elle ne comptait pas le dire à voix haute.

— C'est gênant, dit-il en grimaçant et en faisant les cent pas dans l'espace restreint.

— Ne devrait-on pas plutôt se concentrer sur notre retour à la civilisation au lieu de nous inquiéter de ton côté animal quand tu es en colère ?

— Nous n'irons nulle part. Vu que nous avons

disparu depuis un moment, il ne faudra pas longtemps avant que quelqu'un ne vienne nous chercher.

Elle resta bouche bée.

— Quoi ? Alors il faut que nous partions !

Elle n'avait pas envie d'imaginer ce qui se passerait si Jarl et les autres les retrouvaient.

— Ne panique pas. Les gens dont je parle ne te feront pas de mal. Physiquement en tout cas. Mais ils sont assez doués pour mettre mal à l'aise. Comme ça fait plus d'un jour qu'ils n'ont pas eu de mes nouvelles, ils vont bientôt commencer leurs recherches.

Il s'avança vers la porte qui s'était à peine refermée.

— Donc on doit juste attendre que tes amis nous trouvent ? Comment ? Personne ne sait où nous sommes.

— Ça ne les arrêtera pas.

Il pointa le bout de son nez dehors un instant avant de déclarer :

— Ils seront là vers quatorze heures environ. S'ils sont au courant, sinon, je suppose qu'on ne les verra pas avant ce soir au plus tôt. Ou disons plutôt demain. Peut-être même le jour d'après si la neige n'arrête pas de tomber.

— La neige ?

Elle se leva du lit, sentant encore plus le froid qu'avant. Apparemment, il lui avait fait une faveur en la malmenant dans son sommeil. Elle n'avait pas réalisé à quel point la cabane était froide et mal isolée.

— On ferait mieux de partir d'ici. Pourquoi est-ce qu'on attend tes amis ?

— Parce que tu as froid et que tu es épuisée, souligna-t-il. Et moi aussi.

Il n'avait pas tort. Il l'avait portée pendant des heures, plus longtemps que ce qu'elle aurait pu marcher. Mais quand même... Elle enroula les bras autour de sa taille alors que le froid était plus intense maintenant qu'il n'était plus sur elle.

— Voyons si je peux faire un feu.

— Comment ? En mettant le feu à la cabane ? Ça pourrait être mieux oui, rétorqua-t-elle d'un ton sec.

— Et si l'on utilisait plutôt la cheminée ?

Il désigna un trou dans le mur tapissé de pierre et recouvert de suie.

— Tu saurais vraiment faire un feu ?

Réalisant qu'il y avait possibilité de réchauffer la pièce, son visage s'éclaira.

— Oui, mais j'espère que le conduit de la cheminée est dégagé.

Il s'accroupit et jeta un coup d'œil dans le conduit.

— Je vois quelques débris mais il y a de la lumière. Donne-moi le balai.

Elle ouvrit la bouche pour demander de quel balai il parlait lorsqu'elle le vit près de la porte. Au lieu de l'accuser de lui donner des ordres, elle le lui tendit.

Lawrence le poussa dans la cheminée et des débris tombèrent. Des feuilles et des branches et d'autres choses qui auraient pu être les restes d'un nid.

— Ça devrait le faire. Et bonne nouvelle, ces débris pourraient nous permettre d'obtenir un feu rapide. Mais il nous faudra du bois pour l'entretenir.

Il regarda autour de lui et avant de lui poser la question, elle prit une bûche dans la caisse près de la porte.

— Ça ira, ça ?

— Oui, mais je vais devoir en trouver d'autres, sinon on ne passera pas la nuit.

Il y avait un vieux briquet sur l'âtre qui fit des étincelles lorsqu'il l'alluma. Malheureusement, il ne fit rien de plus.

Plutôt que de s'avouer vaincu, il démonta le briquet utilisa une pierre de la cheminée pour frapper ce qui avait dû être un silex, le faisant étinceler encore et encore près des feuilles séchées qui étaient tombées. Il fallait faire preuve d'une patience qu'elle n'aurait pas eue jusqu'à ce qu'une petite flamme s'allume enfin, accompagnée d'un nuage de fumée.

Elle s'intensifia rapidement, léchant le bois, prête à crépiter alors qu'elle se nourrissait avidement. Elle ne put s'empêcher de se rapprocher, tendant la main vers la chaleur.

— Oh, c'est agréable.

— Profite tant que tu le peux. Vu comme le bois est sec, ça ne durera pas longtemps.

Il se leva et s'avança vers la porte.

— Où est-ce que tu vas ?

Il lui jeta un regard par-dessus son épaule en ouvrant la porte et laissa entrer un tourbillon d'air frais.

— Je vais voir ce que je peux trouver.

— Et moi ?

— Je te déconseille de t'éloigner de la cabane.

Il partit sans attendre de réponse de sa part, la laissant tremblotante et soudain très effrayée à nouveau. Un sentiment qui s'intensifia lorsqu'elle jeta un coup d'œil dehors et vit le ciel gris d'où tombaient de gros flocons de neige duveteux. Il y avait déjà environ deux centimètres de neige et celle-ci tombait vite, ce qui avait l'avantage de cacher rapidement les traces de Lawrence. Une rafale de vent souffla sur son visage et elle recula, fermant la porte. Cela ne réchauffa pas la pièce, mais bloqua le courant d'air. Pendant ce temps, le feu crépitait dans la cheminée, diffusant déjà une chaleur qui chassait le froid. Elle eut envie de se blottir devant.

Regardant autour d'elle, elle ne vit pas beaucoup d'options pour se mettre à l'aise. Les couvertures sur le lit étaient toutes crasseuses. Le matelas allait probablement tomber en morceau si elle essayait de le traîner devant. Sous la table avec l'évier, des plats et des pots étaient empilés de façon bancale sur une étagère.

Il y avait une armoire encore debout sur un autre mur. Trois étagères ouvertes se trouvaient en haut avec beaucoup de désordre et un pan fermé complétait le bas.

Elle dut redoubler d'efforts pour l'ouvrir, le loquet étant usé par le temps, mais à l'intérieur, elle trouva un trésor. Un oreiller et un sac de couchage plus une couverture en patchwork. Ils sentaient le moisi mais avaient été protégé des souris et autres occupants pendant plusieurs années. Elle trouva même des boîtes de conserve neuves. Les étiquettes tombèrent quand elle les saisit. Elles étaient probablement périmées, mais vu comme son estomac grondait, tant que les boîtes ne contenaient pas de moisi ou de mouvement à l'intérieur quand elle les ouvrirait, elle prendrait le risque.

Mais pas encore. Pas avec toute cette crasse autour d'elle.

Le balai qu'il avait utilisé pour la cheminée était tout près. Les poils raides se brisèrent à quelques endroits alors qu'elle balayait la saleté devant l'âtre. C'était idiot, comme si ça allait aider de nettoyer. Pourtant, elle se sentit mieux dès qu'elle eut terminé de faire le ménage. Ce ne fut qu'alors qu'elle ouvrit la fermeture éclair du sac de couchage et l'étendit devant le feu. L'oreiller lui servit de coussin pour ses fesses. Elle ne déplia pas la couverture pour le moment, car le feu avait considérablement réchauffé la cabane.

Le souffle brutal de l'air glacial n'en fut que plus saisissant lorsque la porte s'ouvrit soudain. Lawrence se tenait dans l'encadrement de la porte, absolument pas perturbé par la tempête.

— J'ai trouvé l'ancien tas de bois.

— On dirait bien que tu as aussi trouvé la tempête.

Il était entièrement recouvert de neige, givrant ses cheveux et ses sourcils. Celle-ci s'accrochait même à sa mâchoire.

— Il y a déjà quelques centimètres sur le sol. Je prédis qu'il y en aura au moins quelques-uns de plus avant que la tempête ne migre ailleurs. Je vais chercher plus de bois.

Il déversa tout un tas de bûches dans la panière à côté de la cheminée. Il effectua deux autres voyages, remplissant celle-ci avant d'en poser sur le côté.

— Tu t'attends à ce qu'on soit sous la neige pendant un moment ? demanda-t-elle.

— Cette tempête peut durer des heures, voire des jours. Mieux vaut être préparé.

Des jours ? Avant que la panique ne puisse vraiment s'installer, Lawrence avait déjà disparu sous la neige. Elle rangea un peu plus et trouva une casserole avec une poignée qui se fixait au crochet à l'intérieur de l'âtre. Elle fit fondre de la neige dedans et la rinça trois fois, ainsi que deux mugs qu'elle trouva, avant de faire bouillir la neige fondue à l'intérieur, la rendant potable.

Elle l'espérait en tout cas.

Elle la versa dans les mugs propres puis fit à nouveau fondre de la neige avant d'utiliser un coin du pull qu'elle avait enlevé qu'elle trempa pour se laver le visage. Puis les mains. Hésitant, elle se tamponna finalement le cou. La morsure ne lui faisait pas mal. Peut-être qu'elle ne s'infecterait pas.

Le temps s'écoulait et Lawrence ne revenait pas. La tempête dehors s'intensifia, le vent sifflant et faisant trembler la cabane. Pourtant, peu de courants d'air s'infiltrèrent à l'intérieur et pas un seul flocon de neige ne pénétra la cabane.

C'était un bon abri. Si seulement il était équipé d'un garde-manger.

Il était temps de vérifier le contenu des mystérieuses boîtes de conserve. Elle fouilla dans la cuisine rustique et trouva un ustensile qui avait dû être un ouvre-boîte. Comme elle ne savait pas comment l'utiliser, elle se résolut à boire plus d'eau pour apaiser la faim qui lui tordait le ventre.

Quand Lawrence revint enfin, elle faillit pleurer de joie.

Je ne suis pas seule.

Quand elle réalisa qu'elle avait envie de se jeter dans ses bras comme une mauviette, elle préféra aboyer à la place.

— Où étais-tu ?

— Je suis allé nous chercher de quoi dîner, Cacahuète. T'as déjà mangé de l'écureuil rôti ?

CHAPITRE SEPT

Charlotte pâlit quand il brandit sa trouvaille. Il aurait peut-être dû le dépecer et lui donner l'impression de l'avoir acheté en magasin avant de l'apporter.

— C'est quoi ça ? Un rat ? demanda-t-elle.

— Un écureuil. Très bon quand il est fumé. J'imagine que tu n'as pas trouvé de sel et de poivre ?

— Tu as ramené un animal tué sur le bord de la route ?

— Non, pris dans un piège. Et c'est non pour l'assaisonnement ?

Elle avait été bien occupée pendant son absence. Il remarqua que la cabane était toute propre et rangée et vit le petit nid qu'elle avait installé devant la cheminée.

— Il y a des tonnes de sel, un moulin à poivre qui ne doit plus être très bon et quelque chose qui doit être de l'origan ou des petites herbes, dit-elle en pointant le tout du doigt.

— Personne ne laisse jamais son herbe derrière lui, dit-il en lui faisant un clin d'œil avant d'entrer et de claquer la porte contre la tempête.

Il n'avait pas eu l'intention de rester dehors si longtemps, cependant, il avait voulu partir en éclaireur et s'assurer qu'ils étaient aussi loin qu'il le pensait. Dans sa course folle, quand il était encore drogué, il les avait emmenés loin dans la forêt. En grimpant à un arbre, il avait aperçu une grande étendue de forêt, aussi loin qu'il pouvait voir. Ce qui, il fallait l'admettre, n'était pas aussi loin qu'il le souhaitait avec la tempête imminente.

Il avait cherché des traces et avait posé des pièges pour les animaux. Ils n'hibernaient pas tous l'hiver. Il jeta sa proie poilue sur le comptoir propre et vida ses poches remplies de noix qu'il avait également trouvées, cachées dans le creux d'un arbre.

— On peut les manger ?

Elle se montra intéressée et en saisit une, la faisant tourner dans ses doigts.

Cela n'aurait pas dû le fasciner autant, mais comme pour tout ce qui concernait Charlotte, il ne pouvait pas s'en empêcher. Cela avait même dû être amplifié pendant qu'il était drogué. Ce qui expliquait pourquoi il l'avait marquée comme étant sa compagne. Le destin, qui savait qu'il ne le ferait pas de son plein gré, s'était arrangé pour qu'il soit vulnérable et en avait profité pour le piéger.

Il était en couple.

Enchaîné.

Foutu.

Il devait y avoir un moyen d'annuler ce qu'il avait fait. Charlotte ne savait pas ce qu'il était et n'avait pas consenti. Elle ne le ferait probablement jamais étant donné que la plupart du temps elle ne semblait pas l'apprécier. Alors que lui se rendait compte qu'il l'aimait bien trop.

— Allô, ici la terre, monsieur l'abominable homme des neiges, comment est-ce qu'on les mange ? demanda-t-elle en agitant une noix sous son nez, le sortant de sa torpeur.

— Nous devons les faire griller avant qu'elles ne soient comestibles.

— Comment ?

Elle ne remit pas en question ses connaissances mais insista pour laver la casserole poussiéreuse qu'ils avaient trouvée, puis elle l'écouta alors qu'il lui expliquait comment les cuire.

Ce ne fut que lorsqu'il se mit à préparer sa proie qu'elle lui demanda :

— Comment est-ce que tu sais faire tout ça ? Tu n'as pas l'air d'être un type qui s'y connaît en survie.

— J'ai l'air d'être quel genre de type alors ? demanda-t-il en arrêtant d'utiliser le couteau le plus émoussé qui existe.

— Pas le genre qui fait des trucs en plein air.

— Parce que je porte un beau costume ? dit-il en désignant sa tenue désormais sale. Ça, c'était pour le mariage et la cérémonie.

— Qu'est-ce que tu portes habituellement alors ?

— Un jean et un tee-shirt si je sors. Des survêtements le reste du temps, quand je ne suis pas nu.

Elle fronça le nez.

— Beurk. Je n'ai pas besoin de savoir ça.

Il la reluqua un instant.

— Je ne crois pas qu'une femme m'ait déjà dit ça avant.

— On ne t'a jamais dit à quel point tu es prétentieux et vulgaire quand tu parles ? remarqua-t-elle en haussant les sourcils. Tous les gens que tu rencontres n'ont pas forcément envie de voir ton bazar.

— Tu me brises le cœur. Tu piétines mon ego.

— J'en doute fortement, dit-elle en ricanant et en secouant la poêle pour retourner les noix sur un support rouillé qu'il avait installé dans l'âtre. Quand est-ce qu'on sait si elles sont prêtes ?

— Quand tu n'en peux plus d'attendre, donc tu en prends une très chaude, tu te brûles en essayant de l'ouvrir, puis tu mets cette noix chaude dans ta bouche en espérant la croquer avec satisfaction.

— On voit que tu as de l'expérience, dit-elle en secouant à nouveau la poêle.

— J'ai plusieurs facettes. Si tu passes un peu de temps avec moi, tu en découvriras peut-être quelques-unes.

Pas la peine de préciser qu'elle serait la première femme, en dehors des membres de sa famille, qu'il laisserait suffisamment approcher pour qu'elle voie au-delà de sa carapace de matou séducteur.

— J'imagine que je n'aurais pas le choix. Nous

allons rester coincés ici jusqu'au petit matin, n'est-ce pas ? Peut-être même plus, dit-elle en faisant la moue.

— Certaines femmes seraient ravies de passer du temps seules avec moi.

Elle pinça les lèvres.

— Je ne suis pas comme toutes les autres femmes.

C'était d'ailleurs ce qu'il aimait le plus chez elle.

— Qui es-tu, Cacahuète ? Quels secrets caches-tu dans cette petite tête ?

— Si ce sont des secrets, je ne vais pas te les dire.

— Une femme pleine de mystères, dit-il en se dirigeant vers la porte pour jeter les abats de l'écureuil.

— Pas vraiment. Tu as dit quelque chose tout à l'heure. Sur le fait que tes amis allaient nous retrouver.

— Je ne sais pas si je pourrais les qualifier d'amis, grimaça-t-il. Mais s'il y a bien une chose dont je suis sûr, c'est qu'il n'existe pas un endroit sur terre où elles ne viendraient pas me chercher.

— Mais comment ? Même si elles avaient des chiens pour retrouver notre odeur jusqu'à cette maison, la neige aura recouvert nos pas d'ici là.

— Disons qu'elles ont d'autres façons de faire.

La puce qu'elles lui avaient implantée après ce kidnapping allait forcément apparaître sur le satellite qui finirait bien par passer. Une fois la tempête terminée, elles pourraient capter son signal.

— Crois-moi, ce n'est pas facile de retrouver les gens qui sont perdus, dit Charlotte dont les épaules s'affaissèrent.

Sa remarque indiquait qu'il y avait une histoire

derrière tout ça, mais il n'insista pas. Notamment parce qu'il ne pensait pas qu'elle était prête à la raconter.

Il l'observa alors qu'elle hésitait à prendre une noix chaude de la poêle qu'elle avait placée dans l'âtre. Elle tira la langue en réfléchissant. Ses lunettes lui tombaient sur le nez. C'était un miracle qu'elle les ait encore.

— Je suis surpris que tu les aies toujours, dit-il en désignant la monture du doigt.

— Ayant déjà cassé ou perdu quelques paires, la première chose que je fais en cas d'urgence c'est de les mettre en sécurité. Je les ai rangées dans ma poche avant de sortir par la fenêtre.

— Intelligente et belle.

— Arrête d'essayer de flirter, lui rappela-t-elle.

Même en le repoussant elle était terriblement mignonne.

Et à lui.

Les marques étaient de l'autre côté de son cou et pourtant il les sentait. Comment pouvait-il les sentir ? Pourquoi était-il si attiré par elle ? La drogue était-elle toujours présente dans son organisme ? Ou bien est-ce que cela avait fini par arriver ? Cette chose redoutable qui semblait affecter les personnes raisonnables et les transformer en couples ?

Regardez son meilleur ami Dean par exemple, il venait tout juste de se marier. Il s'était porté volontaire pour être enchaîné avec un boulet à son pied. Et il n'avait jamais paru aussi heureux. Si un célibataire endurci comme Dean pouvait trouver quelqu'un, ce n'était peut-être pas si impossible que Lawrence le puisse aussi. Mais Charlotte était-elle la bonne ?

Il s'accroupit près d'elle et retourna la poêle versant les noix brûlantes sur le sac de couchage.

— Qu'est-ce que tu fais ? couina-t-elle, s'éloignant des coquilles brûlantes.

— Je prépare notre dîner.

Il jeta la viande assaisonnée dans la poêle. Un grésillement satisfaisant retentit. Il remit la poêle dans l'âtre, assez loin pour que la viande cuise.

— Comment est-ce qu'on les mange ? demanda-t-elle, après s'être remise de sa panique passagère.

Elle se pencha en avant et s'assura de ne pas toucher les noix qu'elle désignait.

— Ouvre-les.

Il en attrapa une et la pinça assez fort pour la fendre en deux. Il lui tendit la récompense à l'intérieur. Ce ne fut qu'au bout de trois bouchées qu'elle s'arrêta. Elle tint la noix entre ses doigts et le regarda.

— Tu n'en manges pas ?

— Non, ça va.

— Ça va ou bien tu dis ça parce qu'elles sont empoisonnées ?

Elle éloigna soudain la noix comme si celle-ci allait l'attaquer. Il ricana.

— T'es toujours aussi parano ? dit-il avant de s'excuser immédiatement.

Ses tantes lui avaient expliqué que les femmes vivaient une réalité différente de celle des hommes.

— Non, elles ne sont pas empoisonnées. Je n'en ai pas mangées parce que tu as faim.

— C'est vrai, mais toi aussi il faut que tu manges, insista-t-elle.

— Vas-y. Je peux attendre. Le dîner est bientôt prêt, dit-il en montrant la poêle du doigt.

— Exactement. C'est pour ça que je ne serai pas gourmande. Mange.

À sa grande surprise – et pour son plus grand plaisir – elle poussa la noix vers ses lèvres. Il la prit et la croqua, croisant son regard.

— Merci.

Elle battit des cils avant de baisser la tête.

— Laisse-moi essayer d'ouvrir la prochaine.

Elle prit une noix et la serra. Elle ne craqua pas. Elle l'écrasa en forçant. Puis grogna d'agacement.

Lawrence ne sourit pas, mais prit quelques noix. *Crac*. Il ouvrit la main.

— Elles sont un peu dures.

— Je peux le faire, insista-t-elle.

Elle se leva et comme elle semblait être en mission, il mangea les deux noix.

Elle ne mit pas longtemps à trouver ce qu'elle voulait, un maillet à viande, l'outil le plus pratique à avoir dans la nature pour attendrir la viande et casser des trucs. Elle tapa légèrement sur la noix. Comme celle-ci ne craqua pas, elle la pulvérisa.

Ils regardèrent tous les deux les restes, la coquille et la noix mélangés ensemble.

— Je crois que celle-là n'était pas bonne, déclara-t-elle.

— Sans aucun doute, dit-il du ton le plus sérieux possible.

La noix qu'elle cassa ensuite resta presque intacte et il la laissa ouvrir les autres. Ils les partagèrent et quand ils eurent terminé, il ramassa les débris et les jeta dans le feu, accentuant les flammes.

La hutte resta étonnamment résistante. Ils pouvaient entendre le sifflement de la tempête dehors et il y avait quelques courants d'air, mais la cheminée repoussait le froid. Ils étaient protégés de la neige et...

— On ne devrait pas la retourner ?

— Quoi ?

Il sursauta et mit un moment à comprendre ce qu'elle voulait dire.

— La viande. Oui.

Toujours un peu déconcerté, il saisit la casserole et siffla en se brûlant la main sur la poignée.

— Tu ferais mieux d'utiliser ça.

Elle attrapa la manique de fortune qui était tombée par terre sans qu'ils ne s'en aperçoivent. Il se persuada que c'était elle qui l'avait distrait.

Il tendit la main pour l'attraper, mais elle la prit dans la sienne.

— Tu t'es brûlé.

— À peine. Je ne sens rien.

Ce n'était pas totalement vrai, sa main lui faisait mal, mais il savait que cela ne durerait pas longtemps.

Les métamorphes guérissaient plus vite. Surtout chez les hybrides.

Il enfila le gant et tira la poêle vers lui, assez près pour qu'il puisse retourner la viande. Elle grésilla au contact du métal chaud. Il la remit en place pour qu'elle continue de cuire.

— Ça va prendre encore un moment.

— Si tu as vraiment faim, j'ai trouvé des boîtes de conserve, expliqua-t-elle en les désignant.

— OK, alors qu'est-ce qu'on a ? dit-il en saisissant une boîte. Des sortes de légumes verts.

— Hum, ça a l'air délicieux..., répondit-elle en fronçant le nez.

Il eut un sourire en coin.

— C'est plus optimiste que ce que mérite la photo sur la boîte. On n'a qu'à le découvrir.

— Il y a un ouvre-boîte bizarre là-bas.

Elle retrouva l'ustensile et Lawrence lui montra comment soulever le métal avec. Dès l'instant où il perça le couvercle, l'odeur les frappa. Avec force.

— Oh mon, Dieu, c'est horrible ! s'exclama-t-elle. Ça a dû tourner.

Il observa le contenu.

— Je ne sais pas. Ça semble correspondre à l'image sur l'emballage.

Il la pencha vers elle pour lui montrer les morceaux verts.

— Je ne peux pas manger ça.

Elle plaça la main sur sa bouche.

— Moi non plus.

Tout comme il n'avait pas envie de le sentir une minute de plus. Il n'ouvrit la porte que quelques secondes avant de le jeter le plus loin possible dans la tempête. Quelque chose finirait par le trouver et ne ferait pas autant la fine bouche qu'eux.

La boîte de conserve suivante contenait de la soupe.

— Tu penses que c'est bon ? demanda-t-elle d'un air dubitatif en voyant le liquide jaunâtre avec des morceaux.

— Je pense qu'avec les os et la viande qu'il restera, ça pourra faire un bon ragoût pour plus tard.

— Encore un truc que tu as appris chez les scouts ? demanda-t-elle.

— On peut dire ça, rétorqua-t-il avec un clin d'œil. Petit, les nuits que j'ai passées dans les bois ont été les plus formatrices.

Il commença alors à lui raconter une histoire, quand lui et d'autres enfants s'étaient retrouvés dans un camp supposé être hanté et qu'ils avaient failli se pisser dessus quand les plus âgés avaient fait semblant d'être des meurtriers psychopathes qui voulaient les attraper. Tout le monde avait hurlé et passé un bon moment. Sauf Kelvin. Il avait la trentaine bien entamée et dormait toujours avec une veilleuse.

— C'est bien plus excitant que tout ce que j'ai pu faire, avoua-t-elle. La seule fois où j'ai fait quelque chose de ce genre en plein air, c'était dans mon jardin avec mon frère. On avait trouvé une tente que quelqu'un avait jetée.

— Tu es proche de ton frère ? demanda-t-il en testant la viande, s'inquiétant de son aspect cru pour elle, non pour lui.

— Oui. Je l'étais. Plus ou moins, soupira-t-elle. C'est à cause de lui que je suis en Russie. Il est venu ici il y a quelques mois pour travailler et même s'il n'est pas le plus fiable quand il s'agit de communiquer, il arrive toujours à me donner de ses nouvelles.

— Il a disparu ? demanda-t-il pour clarifier la situation.

— Ouais.

— Depuis combien de temps ?

— Ça fait sept mois que je n'ai pas eu de nouvelles de lui. Et ça fait au moins cinq mois que je suis sûre qu'il a disparu. Mais le courrier qu'il recevait a commencé à s'empiler environ un mois avant ça.

— Attends une seconde, tu es venue en Russie pour retrouver ton frère ? Toute seule ?

Parce qu'elle n'était clairement pas originaire d'ici. Son visage se ferma.

— Tu trouves que je suis idiote.

— Je pense surtout que tu dois beaucoup l'aimer.

Et certes, elle était un peu idiote, mais pour les bonnes raisons.

Ses épaules s'affaissèrent.

— J'aimerais juste savoir s'il va bien.

— As-tu progressé dans tes recherches ?

— Quelles recherches ? Je ne connais personne. Je pensais peut-être que quelqu'un de son immeuble ou de son travail aurait des réponses, mais personne n'a voulu me parler, dit-elle en faisant la moue. C'est comme s'il n'avait jamais existé.

La lassitude dans sa voix lui déchira le cœur. Il fallait qu'il allège ce poids sur ses épaules.

— Quand on sortira d'ici, j'aimerais t'aider.

Elle leva les yeux vers lui.

— Pourquoi ?

— Parce que la famille c'est ce qu'il y a de plus important. J'ai récemment eu une cousine qui a disparu, donc je sais ce que ça fait.

— Tu l'as retrouvée ?

— Oui. Miriam a fini par rentrer à la maison.

Il ne précisa pas qu'on lui avait tiré dessus avant de la jeter dans une rivière pour la laisser mourir. Elle s'en était remise, mais elle aurait toujours une cicatrice.

— Ça fait tellement longtemps que je n'ai pas eu de nouvelles de Peter.

— Ne perds pas espoir. Pas avant d'être sûre. Je t'aiderai à obtenir des réponses quand nous sortirons d'ici.

— Tu m'as l'air bien plus confiant que moi sur la suite des événements, avoua-t-elle d'un air pessimiste.

— Ne t'inquiète pas, Cacahuète. Je vais te ramener à la civilisation en un seul morceau.

Il retira la poêle du feu et la secoua pour faire revenir la viande rôtie dans le jus.

— Le dîner est servi.

Ils ne dirent pas grand-chose pendant qu'ils mangeaient. Il ne mangea pas beaucoup ayant déjà chassé dehors sous sa forme de ligre. Ce qui voulait dire qu'il en restait assez pour jeter le reste dans une casserole avec la soupe de la boîte de conserve et un peu de neige.

— De la soupe pour le petit-déjeuner ? plaisanta-t-elle en remuant le contenu de la marmite.

— Attends de voir ce que j'ai prévu pour le déjeuner.

Il s'allongea sur le sac de couchage, les pieds vers le feu et les mains derrière la tête.

— Tu ne penses pas qu'on sera sauvés avant, dit-elle sans poser la question.

— On pourrait essayer de partir à pied, mais ça serait terrible avec toute cette neige. Le mieux c'est d'attendre.

— Attendre que quelqu'un vienne nous sauver ? ricana-t-elle. J'aimerais partager ton optimisme.

— Tu es toujours si pessimiste ?

— Je suis réaliste. Et pour quelqu'un qui a toujours été maladroite, je préfère envisager le pire.

— Il te faut juste quelqu'un pour te rattraper.

— Non. Je...

Elle pivota pour réfuter son affirmation et ses chevilles s'entortillèrent et tout à coup, elle se retrouva dans ses bras. Prouvant qu'il avait raison.

— Je pense que tu ferais mieux de t'asseoir.

— Je suis d'accord. Je suis fatiguée, murmura-t-elle, les joues rouges.

Il la déplaça pour qu'elle puisse s'asseoir sur l'oreiller à côté de lui. Au lieu de poser ses jolies fesses dessus, elle lui dit :

— C'est toi qui es allongé. Tu devrais mettre

l'oreiller sous ta tête.

Un coussin moelleux pouvait être très agréable, mais un homme devait toujours se comporter en gentleman.

— C'est toi qui l'as trouvé et qui l'as utilisé en premier.

— On va le partager.

Elle posa le coussin près de sa tête puis se tortilla en glissant vers le bas pour pouvoir poser sa tête sur un coin sans qu'aucune partie de son corps ne touche le sien et elle lui tourna le dos.

Était-ce une invitation à la prendre en cuillère ? Ou bien plutôt sa façon à elle de le repousser ? Il aurait pu être vexé s'il n'avait pas senti l'odeur de son excitation et cette façon qu'avaient ses joues de rougir à chaque fois qu'elle le regardait.

Ce ne fut qu'après quelques minutes de silence qu'il osa soupirer et dire :

— Je n'arrive pas à dormir.

Il pouvait voir à sa respiration qu'elle ne dormait pas non plus.

Au lieu de faire semblant, elle accepta cette ouverture et fit la conversation.

— Tu avais peur de te perdre quand tu es parti chasser ?

— J'ai un bon sens de l'orientation.

— Même dans une tempête ? demanda-t-elle.

Comment lui expliquer qu'il avait désormais une sorte d'aimant pour l'aider à s'orienter ? Une âme sœur. Personne ne lui avait jamais dit qu'ils agissaient comme des boussoles. Est-ce que ça marchait également dans l'autre sens ? Saurait-elle quand il était au bar ?

Il la regarda de travers. Elle était humaine. Ce n'était probablement pas la même chose. Il n'en savait rien et elle voulait une réponse à sa question.

— Vu la visibilité de merde que j'avais, je ne me suis pas trop éloigné.

Elle se tourna vers lui.

— À ton avis, à qui appartenait cet endroit ?

— Probablement à un type qui cherchait la paix et la tranquillité.

Elle pencha la tête en arrière, essayant de le regarder.

— Pourquoi un type ? Qui nous dit que ce n'est pas une fille ?

— Juste une intuition. Ça et le manque de livres.

— Qu'est-ce que les livres ont à voir avec ça ?

Apparemment fatiguée de tendre la tête pour le regarder, elle roula sur l'oreiller pour le regarder.

— Les gars qui partent vivre seuls dans les bois ne lisent pas. Ils nettoient leurs armes. Réparent leurs pièges. Ils huilent et aiguisent des trucs.

Il savait de quoi il parlait, puisqu'il l'avait fait lui-même.

— Ce qui veut dire que les femmes sont paresseuses ?

— Non, juste plus efficaces la journée. Vous êtes plus polyvalentes la plupart du temps, donc le soir, vous avez le temps de lire.

Ses lèvres s'arrondirent de la manière la plus délicieuse qui soit.

— C'est terriblement sexiste.

Effectivement, mais il préféra souligner :

— C'est un compliment, vous êtes plus intelligentes que les hommes.

— Traiter les femmes d'intellos c'est...

Elle pinça les lèvres.

— OK, continua-t-elle, ce n'est pas une insulte, mais c'est une généralisation.

— Donc tu veux dire que tu n'apporterais pas de livres dans une cabane ?

— Je n'ai jamais dit ça. Bien sûr que si j'apporterai un livre, ou même deux, peut-être même une brouette entière. Mais ce n'est pas la question. Je ne suis pas comme toutes les femmes.

— Tu es d'accord et pourtant tu dis que tu n'es pas d'accord. Et c'est justement pour ça que je ne comprendrai jamais les femmes, grommela-t-il.

— Nous sommes complexes, admit-elle.

— Moi non.

C'était étrange d'avouer cela à sa Cacahuète et pourtant, elle le regarda d'un air contemplatif.

— Hier, j'aurais été d'accord et j'aurais dit que tu étais un simple playboy, tape-à-l'œil de l'extérieur et superficiel dans le fond.

— Mais maintenant ? demanda-t-il doucement.

— Tu n'es peut-être pas aussi vaniteux et agaçant que je le pensais.

— Attention avec tes éloges, ma tête risque d'exploser, la taquina-t-il.

Quelque chose lui chatouilla la joue. Il n'y aurait pas fait attention si elle n'avait pas écarquillé les yeux avec horreur en criant assez fort pour lui percer les tympans. Charlotte s'écarta rapidement en s'agitant et en hurlant.

Au début, il crut qu'elle criait :

— Cheminée !

Puis il réalisa que c'était « araignée ».

Oh, ce truc qui le chatouillait ? Il balaya l'insecte du revers de la main.

Mais cela ne fit qu'empirer ses hurlements.

Elle avait peur d'une araignée ? C'était ridicule. Tout le monde savait que c'était les tiques dont il fallait surtout se méfier.

Même après qu'il eut jeté le démon à huit pattes dehors, elle resta assise dans un coin, les genoux contre la poitrine, observant la pièce d'un air suspicieux.

— Elle est partie. Tu peux t'allonger.

— Non, je ne peux pas. T'as vu sa taille ? Tu sais qu'on dit qu'on avale au moins une araignée par an ? Je m'étoufferais si elle essayait de se glisser dans ma bouche.

— Elle ne survivra pas à cette tempête, elle ne pourra pas revenir.

— Elle a probablement des amis.

— Je te protègerai.

— Je préfère rentrer à la maison, gémit-elle.

— Et tu le feras. Bientôt. Mais tu ne peux pas rester éveillée en attendant. Viens là.

Il tapota l'oreiller à côté de lui.

Elle s'allongea, se blottissant assez près pour lui donner des idées. Mais il n'allait pas les mettre à exécution. Ce n'était pas le moment pour la séduction. Pas quand une femme avait peur et même si certains auraient trouvé qu'un cottage avec un feu dans l'âtre était romantique, il doutait que l'un d'entre eux apprécie le sol dur.

Dommage qu'il n'y ait pas un tapis en peau d'ours. Mais ils avaient une couverture pliée sur le côté. Il la secoua, s'assura qu'il n'y avait pas de surprise à huit pattes, puis la posa sur elle.

Son soupir satisfait en valait la peine. Il s'allongea derrière elle, sans la toucher, même s'il en avait envie.

— Tu as assez de couverture ? demanda-t-elle soudain.

— Je n'en ai pas besoin.

— Ça veut dire non.

Elle se tortilla et tira sur la couverture jusqu'à ce que celle-ci le couvre à moitié. Une fois qu'elle eut terminé, elle fut encore plus proche que tout à l'heure. Elle avait le dos collé contre son torse, mais ses fesses étaient à l'écart.

Son parfum emplit ses sens. Il le calmait autant qu'il l'excitait.

Il devait être apaisant pour elle aussi, car elle murmura, à moitié endormie :

— Est-ce que l'un d'entre nous ne devrait-il pas rester éveillé pour repousser les araignées ?

— Ne t'inquiète pas. Je monte la garde.

Il fut ensuite réveillé par son cri strident.

CHAPITRE HUIT

Cette fois-ci, Charlotte ne se réveilla pas écrasée sous Lawrence, mais blottie contre lui. Un emplacement plutôt agréable, surtout en sentant le poids de son bras sur elle. Cependant, bien que ce soit agréable, elle avait très envie d'aller faire pipi. Toute cette neige fondue qu'elle avait bue avait besoin de sortir.

Le vent qui avait hurlé une symphonie peu harmonieuse la nuit précédente s'était tu et la lumière du jour s'infiltrait à travers les volets. Ils avaient survécu à cette terrible nuit. Mais son envie de faire pipi posait problème. Soit, elle s'accroupissait dans un coin, soit elle allait dehors.

Comme elle mourrait probablement de honte s'il la surprenait en train de faire pipi sur le sol, elle choisit d'aller dehors, mais il fallait d'abord qu'elle s'écarte sans le réveiller.

Elle prit son temps pour se libérer. Il grogna

quelques fois et resserra même son bras à un moment donné, mais elle parvint à sortir de leur petit nid chaud. Elle frissonna immédiatement. Le feu s'était transformé en braises. Le froid commençait à s'infiltrer et à gagner contre la chaleur.

Lawrence roula sur le côté et murmura d'une voix endormie :

— Tu fais quoi ?

Il était hors de question qu'elle lui dise la vérité.

— Je mets une bûche sur le feu.

C'était une excuse plausible. Elle en prit une et plutôt que de la jeter comme lui, elle la plaça dans l'âtre.

— Mets-en deux, lui conseilla-t-il avant de ronfler à nouveau.

Elle enfila rapidement son manteau et ses chaussures puis ouvrit la porte. Quand le premier grincement retentit, ses ronflements cessèrent.

Elle se figea. Il se remit à ronfler et elle ouvrit la porte en grand.

Bon sang, qu'est-ce que c'était lumineux ! Tout ce blanc et ce soleil la firent plisser les yeux. Elle trébucha dans la poudreuse. Il y avait au moins trente centimètres de neige fraîche et elle laissa une trace nette, mais elle n'avait pas vraiment le choix. Elle contourna la cabane avant de s'accroupir. La poignée de neige dont elle se servit pour se nettoyer faillit lui congeler l'entre-jambes et elle remit rapidement son pantalon.

Elle n'avait pas envie de penser à ce qu'elle ferait quand il serait temps de faire la grosse commission. De la neige chuta soudain du toit, la frappant telle une avalanche glaciale et elle hurla, notamment quand celle-ci vint se loger dans son col et tomba dans son dos.

En titubant jusqu'au chalet, les pieds et les chaussures trempés par le froid, elle vit Lawrence qui se tenait devant la porte, appuyé contre celle-ci. Les cheveux ébouriffés. Sa barbe commençait à repousser le long de sa mâchoire. Et il était bien plus sexy qu'elle avec ses cheveux emmêlés et sa bouche pâteuse.

— Tout va bien ? Je t'ai entendue crier. Tu n'as pas pris la bonne feuille pour t'essuyer ?

Autant mourir tout de suite. Il savait qu'elle était allée faire pipi.

— Non, je n'ai pas pris de feuille. J'ai utilisé de la neige.

— Ça devait être froid. J'irai te trouver quelque chose de mieux quand j'irai explorer.

— Pas besoin.

— Ne fais pas ta polie. Je sais où se trouve une réserve de feuilles que nous pourrions utiliser. Elles ne sont pas vraiment douces, mais ça devrait faire l'affaire.

— Est-ce qu'on peut arrêter d'en parler ? S'il te plaît ?

— Non, sourit-il. La tête que tu fais. C'est beaucoup trop drôle.

Ce qui ne fit que la faire rougir encore plus.

— Ce n'est pas drôle.

— Tout le monde doit aller aux toilettes, dit-il avec un clin d'œil. J'avais une tante qui me lisait une histoire à ce sujet.

Une fois de plus, je préfèrerais vraiment ne pas en parler.

— De quoi devrions-nous parler alors ?

— La tempête est passée.

— Et elle a laissé plus de trente centimètres de neige derrière elle. Où veux-tu en venir ?

— On ferait mieux de partir pendant qu'il fait encore jour.

— Tu ne pourrais pas marcher un kilomètre avant de perdre ces jolis orteils, dit-il en désignant ses pieds.

— Ça allait très bien quand tu m'as kidnappée la dernière fois, rétorqua-t-elle.

— C'était une urgence. Cette fois-ci, nous allons nous asseoir et nous détendre en attendant la cavalerie.

— Et s'ils ne viennent pas ?

— Alors, espérons que le printemps arrivera en avance. Je ne sais pas toi, mais je me sens crasseux.

Il commença à enlever sa chemise et tomba directement dans la neige.

— Qu'est-ce que tu fais ?

— À ton avis ?

Il écarta les bras et les jambes et tourna la tête.

— T'es en train de faire l'ange des neiges, là ? ne put-elle s'empêcher de demander d'un air incrédule.

— Comme si je pouvais faire quelque chose d'aussi enfantin, railla-t-il. Je ne fais qu'aplanir une zone devant notre résidence tout en nettoyant ma peau, par la même occasion, avec des cristaux de glace.

— Tu racontes que des conneries ! s'exclama-t-elle en riant.

— Ah bon ? Tu devrais essayer.

— Il fait trop froid pour se déshabiller.

— C'est rafraîchissant.

Il se releva et lui tourna le dos, la peau humide à cause de la neige qui fondait. L'endroit où il s'était agité ressemblait plus à un démon qu'un ange.

— Et maintenant, le devant.

Il n'allait quand même pas...

Et si. Il enleva son pantalon, son caleçon et lui montra des fesses aussi bronzées que le reste. Il se jeta la tête la première dans la neige et recommença à se tortiller dedans.

Elle préféra détourner le regard plutôt que de se demander s'il n'avait pas de sérieux problèmes de rétrécissement. Elle s'accroupit et prit une poignée de neige, s'en servant pour se nettoyer le visage car celui-ci était sale à cause de la suie et de la poussière. Mais sa peau, déjà glacée, ne fut pas aussi mouillée que la sienne.

— Tu veux en faire fondre un peu pour que tu puisses te laver correctement dans l'évier avec une éponge ?

Oh que oui ! Elle se retourna pour accepter et perdit l'usage de la parole.

Premièrement, il était plus près que prévu. Deuxièmement... Elle baissa les yeux.

Il était toujours complètement nu. Et absolument pas affecté par la neige.

Oh, mon Dieu.

— Tu ne plaisantais pas quand tu disais que tu étais

à l'aise avec la nudité, murmura-t-elle, rougissant, pas seulement car elle était gênée.

— Disons que ma famille est assez détachée sur le sujet. La nudité n'est pas un problème pour nous.

— Plus pour certains que pour d'autres, j'imagine.

Elle essaya de ne pas regarder son entre-jambes.

Il sourit.

— Bien plus pour certains.

— Tu n'as pas froid ?

— J'ai tendance à souvent avoir chaud, donc je supporte mieux ce genre de température que les autres.

— Est-ce que tu pourrais au moins mettre un caleçon ?

— Quelle prude. Mais si ça te fait te sentir mieux...

Elle n'attendit pas qu'il se rhabille et s'enfuit vers le chalet où elle se débarrassa de ses bottes pleines de neige et pointa ses orteils froids et humides vers le feu.

Il entra quelques minutes plus tard avec un tas de feuilles qu'il déposa en pile à côté du bois.

— Je m'assurerai d'en prendre plus si la réserve s'épuise.

Elle changea de sujet.

— Je meurs de faim. Tu penses que la soupe est bonne ?

Elle était délicieuse, épaisse et copieuse et elle leur remplit bien le ventre. Quand il partit chasser, elle ouvrit les volets et lava suffisamment la fenêtre pour obtenir un peu de lumière.

Elle en lava d'autres. Fredonnant et étant étrangement satisfaite. Tellement de choses auraient dû l'inquiéter, pourtant, elle trouvait une certaine sérénité en nettoyant la cabane et en la rendant plus accueillante. Elle parvint même à se mordre la langue pour ne pas crier quand quelque chose se mit à courir sur le sol – et mourut quand elle l'écrasa encore et encore avec son balai.

Quand Lawrence revint, ce fut avec de nouvelles noix et quelques oiseaux bien gras. Le dîner allait être délicieux.

Et avec les plumes, aussi peu nombreuses soient-elles, il parvint à lui fabriquer un coussin pour ses fesses. Si cela avait été un vrai rencard, elle lui aurait donné la note de onze sur dix.

À part avec le flirt, Lawrence ne dépassait jamais les bornes. Cela rendait alors cette morsure encore plus incongrue. Il avait vraiment dû être complètement drogué pour faire une chose pareille.

Alors qu'ils mangeaient, elle sourit de ses pitreries, rigola de ses blagues et s'amusa réellement. Elle réalisa que, malgré ses premières impressions, l'homme qui se trouvait juste en face d'elle méritait son attention.

Il la surprit en train de le regarder pendant qu'il lavait la vaisselle après le dîner.

— Quoi ? Qu'est-ce que j'ai fait encore ? demanda-t-il en feignant d'avoir peur.

— Je ne te châtie pas si souvent que ça.

— Je sais, c'est pour ça que je le fais parfois exprès pour te mettre en colère.

— Tu aimes m'énerver ?

— J'aime tout chez toi, Cacahuète.

— Oh.

Elle ne sut pas quoi répondre à ça.

— Tu as un petit ami ?

Ça sortait de nulle part et elle lâcha un :

— Non.

Avant même d'y réfléchir à deux fois.

— Tant mieux.

— Pourquoi tant mieux ?

— Parce que tu n'as pas l'air du genre à tromper.

— Effectivement. Je ne le ferais pas. Je veux dire... Oh, tu recommences, souffla-t-elle. Tu fais exprès de m'énerver.

— Et qu'est-ce que tu comptes faire à ce sujet ?

C'était une question intéressante. Elle pourrait fulminer et rougir, mais il ne ferait que la taquiner encore plus. Il fallait qu'elle trouve le moyen de lui faire face. De le déstabiliser.

Peut-être avait-elle besoin d'un changement de tactique radical ? Laissant sécher la vaisselle, il la rejoignit sous la couverture.

Elle se pencha vers lui et l'embrassa. Elle effleura rapidement sa bouche, mais il prit quand même une grande inspiration.

— Pourquoi t'as fait ça ? demanda Lawrence.

— Parce que j'étais curieuse.

— Curieuse de quoi ?

Devait-elle admettre sa fascination pour lui ? Lui expliquer qu'il la faisait frissonner de la tête aux pieds ? Et plus important encore, faisait-il frissonner quelqu'un d'autre ?

— Est-ce que tu as une petite amie ou une femme ?
— Pas vraiment.
— C'est-à-dire ?
Venait-elle d'embrasser un homme marié ?
— C'est compliqué.

Il eut un sourire en coin qui ne fit rien pour apaiser sa déconfiture.

— Donc tu es pris.

Il secoua la tête et lui prit les mains, leur chaleur la réveillant soudain. Il l'attira plus près.

— Crois-moi quand je te dis que je suis prêt à te donner tout ce que tu pourrais désirer.

C'était de belles paroles. Celle d'un homme infidèle. Elle retira ses mains.

— Je ne serai pas ta maîtresse.
— Tu ne le serais pas. Je veux dire, je ne suis avec personne d'autre que toi.
— Je ne te crois pas.
— Je ne suis pas du genre à tromper ma femme.
— Ça, c'est toi qui le dis. Avec combien de femmes es-tu sorti ?

Il pinça les lèvres.

— Je ne vois pas en quoi c'est pertinent.

Sous-entendu, il y en avait trop pour qu'il puisse les mentionner sans difficulté.

— Quelle a été ta relation la plus longue ?
— Et toi ? rétorqua-t-il.
— Une fois, j'ai réussi à tenir quatre ans et demi.
— Pourquoi avez-vous rompu ?
— Parce que son pénis est tombé sur quelqu'un

d'autre. Et tu ne m'as toujours pas répondu. Quelle a été ta relation la plus longue ?

Comme elle n'avait pas été très précise, il joua les imbéciles.

— Je suis ami avec Dean depuis plus de dix ans. Et je parle encore à la plupart des membres de ma famille.

Elle lui jeta un regard noir.

Ses épaules s'affaissèrent.

— J'ai réussi à tenir six mois, une fois.

Et seulement parce qu'elle vivait dans un autre pays. Il leur avait suffi de quelques visites en personne pour qu'ils se séparent.

— Six mois ? s'étonna-t-elle en clignant des yeux. Mais c'est quoi ton problème ?

Il resta bouche bée.

— Qu'est-ce qui te fait croire que c'est moi le problème ?

— Parce que tu es trop beau. Aucune fille ne pourrait rompre avec toi aussi vite, à moins que tu ne sois un vrai connard. Ou...

Elle s'arrêta.

— Ou quoi ? insista-t-il.

— Ou alors tu es vraiment, vraiment, nul au... tu sais quoi, dit-elle en essayant d'avoir l'air sérieuse.

Il s'étouffa presque.

— Non. Je rêve, tu ne viens quand même pas de m'accuser d'être un mauvais amant, si ? Je te signale que je n'ai jamais laissé une femme insatisfaite.

— Comment peux-tu le savoir ? Tu as pratiquement avoué que tu retournais rarement vers elle. Comment peux-tu savoir si elles sont intéressées ?

Cette fois-ci, ce fut à son tour de cligner des yeux.

— Parce qu'elles m'en redemandent.

— Une fois de plus, je ne vais pas te reparler de ton physique avantageux. Mais peut-être que certaines espéraient que tu ne sois pas aussi nul que dans leurs souvenirs.

Il parut enfin déstabilisé et l'expression sur son visage l'amusa, assez pour qu'elle ne puisse s'empêcher de ricaner.

— Attends une seconde. Tu te fous de moi ?

— Non. Je pense que tu n'es juste pas doué au lit.

— Pourquoi ? Espèce de petite chipie !

Il paraissait plus amusé qu'indigné. Il plongea vers elle et elle ne parvint pas à l'esquiver. Il enfonça les doigts dans ses côtes et trouva son point faible en la chatouillant.

Elle éclata bruyamment de rire, sans pouvoir se contrôler. Elle se tortilla mais ne put s'échapper et n'en avait pas vraiment envie au fond. Bizarre étant donné qu'il venait d'admettre qu'il n'aimait que les coups d'un soir.

C'était peut-être ça qui l'attirait. Des relations sexuelles sans attaches. Un simple soulagement physique. Cela faisait si longtemps qu'elle n'avait pas eu ce genre de contact avec quelqu'un.

Quelque chose dans leur combat de chatouilles changea et devint plus pesant. Ils s'immobilisèrent tous les deux. Elle s'assit sur lui, chevauchant son entre-jambes, les mains posées sur son torse. Il la tenait toujours par la taille. Elle se pencha vers lui et l'embrassa. Ce n'était pas un petit baiser. Elle n'effleura pas juste ses lèvres.

Elle l'embrassa à pleine bouche, le souffle chaud, dans une passion explosive et il la fit rouler sur le dos. Il était à moitié allongé sur elle, explorant timidement un territoire brûlant qui enflammait toutes ses terminaisons nerveuses.

Le feu dans l'âtre crépitait, mais il n'émettait pas la moitié de la chaleur que provoquait son désir. Elle s'accrocha à ses épaules larges et apprécia chaque petite morsure. Elle faillit s'évanouir lorsque leurs langues s'entremêlèrent.

Quand ses lèvres commencèrent à tracer un chemin vers le bas, elle cambra les hanches et tressaillit. Elle ne dit pas un mot, mais l'aida à enlever sa chemise. Il repoussa son soutien-gorge pour pouvoir frotter sa mâchoire râpeuse sur sa peau tendre. Il la caressa du bout de son nez. La lécha. Suça son téton, provoquant en elle des soubresauts de plaisir qui la firent bientôt haleter.

Il plaça ses cuisses entre ses jambes tout en jouant avec ses seins, ses muscles durs lui offrant quelque chose contre lequel elle pouvait se frotter. Pour reprendre son souffle et sentir la langueur se répandre.

Lorsque sa main glissa au-delà de la ceinture de son pantalon, elle écarta un peu plus les jambes pour laisser l'accès à ses doigts. Il prit son sexe dans ses mains et gronda autour du téton qu'il avait en bouche :

— Mouillée.

Très mouillée.

Il enfonça un doigt en elle. Deux. De longs doigts qui savaient quoi caresser et atteindre. Rapidement, elle se tortilla et se cambra, levant les hanches pour rencontrer sa main, sa bouche aspirant ses mamelons et les mordant de temps en temps pour lui donner un électrochoc de plus.

Quand elle jouit, elle cambra le dos et ses muscles pelviens se contractèrent. Il relâcha sa poitrine et se jeta sur sa bouche pour y déposer un baiser chaud et possessif.

Son corps entier pulsait après cet orgasme satisfaisant. Il continua de la caresser, étirant le plaisir, l'alimentant et le faisant monter en puissance.

Quand il se positionna au-dessus d'elle, elle était prête. Plus que prête.

Elle tendit les mains vers son pantalon pour le baisser, mais il bondit soudain en s'écartant, plein de tension.

— Qu'est-ce qui se passe ? demanda-t-elle.

— Reste là.

Il ne prit pas la peine de s'habiller plus chaudement ni même de mettre ses chaussures.

Il sortit de la cabane, ne portant que son pantalon et rien d'autre tout en fermant la porte derrière lui.

Le passage brusque de l'amant à l'homme en état d'alerte la fit se précipiter pour enfiler sa chemise, puis son manteau et ses chaussures. Elle fourra les noix qui restaient dans sa poche au cas où ils aient besoin de fuir.

Les minutes passèrent. Il ne revenait pas.

Elle n'entendit pas un seul bruit à part le crépitement du feu.

En sortant de la cabane, elle réalisa que le crépuscule s'était installé. Aucun signe de Lawrence.

Il ne l'aurait pas abandonnée comme ça. Pas sans ses vêtements.

Peut-être était-il parti vérifier ses pièges ? Non, il n'aurait pas fait ça alors qu'ils étaient en train de...

Elle rougit en y repensant et son entre-jambes tressaillit. Comme elle ne voulait pas qu'il croie qu'elle le cherchait, elle prit quelques feuilles et se dirigea vers l'endroit sur le côté. Elle avait découvert un peu plus tôt que le tas de bois faisait une bonne couverture et qu'elle était à peine exposée.

Les feuilles n'étaient pas aussi agréables que la neige l'aurait été sur sa peau brûlante. L'obscurité commençait à recouvrir le sol alors que le soleil descendait derrière les arbres.

Toujours pas de Lawrence.

Elle était sur le point de retourner à l'intérieur lorsqu'elle le vit à l'orée du bois – un énorme félin. Ça devait être un cougar. Ou un puma. L'espèce n'avait pas d'importance. Elle était prête à parier qu'il avait faim.

Alors qu'il s'avançait vers elle, il fut rejoint par deux autres. Ils l'encerclèrent, le regard rivé sur elle, leurs grondements sourds l'avertissant de ce qui allait suivre.

Elle avait survécu à un kidnapping et au blizzard, elle avait eu le meilleur orgasme de sa vie et était désormais sur le point de se faire manger par des animaux sauvages. Attendez, est-ce qu'ils avaient déjà tué Lawrence ?

Cette pensée l'attrista, même si elle le connaissait à peine. Mais il ne fallait pas qu'elle se laisse affecter. Pas quand sa vie était aussi en jeu. Elle n'allait pas mourir facilement ni en silence. Elle courut vers la porte de la cabane et les félins bondirent dans la neige, l'un d'eux prenant de l'avance pour lui barrer la route.

— Oh merde.

Elle recula vers le mur de la cabane, essayant de garder les trois félins dans son champ de vision. L'un d'entre eux s'avança. Tremblant comme une feuille dans la tempête, Charlotte se figea. Le félin enfonça son visage entre ses cuisses.

Elle poussa un hurlement, ce qui conduisit un autre félin à bondir dans la clairière. C'était un énorme lion tigré qui rugit, puis ce même lion devint soudain Lawrence qui aboya :

— Mais qu'est-ce que vous foutez, bordel, espèce de vieilles chattes folles ? Arrêtez d'effrayer ma Cacahuète.

— Rabat-joie.

Charlotte cligna des yeux et pourtant, l'énorme félin à la fourrure dorée avait disparu et à sa place, se trouvait une femme immense qui était totalement nue.

Les deux autres félins se transformèrent également en femmes nues et Charlotte réalisa qu'elle était probablement en train de rêver. Ou bien de faire un cauchemar. Un truc du genre quoi. Car les gens ne passaient pas de félins à humains en se contorsionnant dans tous les sens.

— Cacahuète.

La voix douce de Lawrence attira son attention.

— Regarde-moi. Tout va bien.

Il sortit son pantalon de derrière un buisson et l'enfila.

— Ce n'est pas réel, murmura-t-elle. Les gens ne sont pas des fauves.

C'était peut-être à cause de la soupe périmée.

— Pas tous les gens. Seulement les métamorphes.

Elle le regarda fixement et secoua la tête.

— Les métamorphes n'existent pas.

— Tu viens d'avoir la preuve que si.

— Non. Ce n'était pas réel. Les fauves ne se transforment pas en humains. Tu n'es pas un lion. Tout ça est un rêve. Un cauchemar. Il n'y a peut-être même pas de cabane et nous n'avons jamais quitté la forêt.

Elle bredouilla en longeant le côté de la cabane, cherchant à mettre un peu de distance entre elle et les gens. Elle était confuse et avait l'impression d'être trop habillée.

— Si ça se trouve, je fais un coma hypothermique et je suis en train d'imaginer tout ce qui se passe.

— Tu ne rêves pas, Cacahuète. Je sais que ça peut paraître un peu étrange.

Il termina de boutonner son pantalon, mais resta pieds nus et torse nu dans la neige.

— Un peu ? dit-elle en riant avec hystérie. Tu étais un putain de lion géant !

— Je suis un ligre en fait.

— Un quoi ?

— Je suis ce qu'on appelle un hybride. Moitié lion, moitié tigre.

— Évidemment.

Elle comprit finalement pourquoi il n'arrivait pas à rester en couple. Il aimait faire semblant d'être un animal.

— Laisse-moi deviner, ces femmes appartiennent à la même secte.

— Nous sommes ses tantes. Et toi, qui es-tu ? lui demanda celle qui avait les cheveux les plus foncés, striés de gris, d'un air hautain.

Lawrence fit les présentations.

— Taties, voici Charlotte. Charlotte, je te présente Tante Lena, Tante Lenore et Tante Lacey.

Il les désigna une par une.

— Vous êtes de sa famille, dit Charlotte.

— Son père était notre frère, dit la plus grande des tantes.

— Un frère bien plus âgé que nous, précisa la plus blonde des trois. Je m'appelle Lacey au fait. Celle qui est un peu rondouillarde c'est Lenore et celle qui parle grossièrement c'est Lena.

— C'est juste que je préfère dire les choses telles

qu'elles sont au lieu de faire semblant, se renfrogna Lena en repoussant ses cheveux argentés et hirsutes.

Lenore, celle aux cheveux bruns et aux mèches claires et qui avait reniflé son entre-jambes, fronça les sourcils.

— Lawrence, est-ce que c'est...

Avant que sa tante n'ait le temps de terminer sa phrase, il se jeta sur elle, la serrant dans ses bras, ce que Charlotte trouva bizarre. Les neveux à moitié nus ne serraient pas leurs tantes à poil contre eux. Ni ne se transformaient en lions d'ailleurs. Il avait mis des champignons hallucinogènes dans leur soupe ou quoi ?

— T'as une famille sacrément dérangée, dit-elle avant de dépasser l'Amazone nue pour entrer dans la cabane et vérifier qu'il n'y avait pas de drogues.

CHAPITRE NEUF

— T'as intérêt à parler et vite, le menaça Tante Lenore.
— Moi aussi je suis content de te voir, rétorqua-t-il.
— Je t'interdis d'être insolent avec moi.

Lena agita un doigt dans sa direction et même si un humain aurait été gêné d'être face à trois membres de sa famille nus, les métamorphes n'avaient pas les mêmes tabous sur la nudité.

Pour eux, la peau était comme de la fourrure et les vêtements n'étaient que de simples costumes qu'ils étaient obligés de porter pour faire semblant d'être humains.

— Désolé. J'aurais dû vous remercier d'être venues à ma rescousse. Vous êtes arrivées un peu plus rapidement que prévu par contre.

Il pensait au moins avoir jusqu'à ce soir ou au lendemain matin.

— T'es en train de dire qu'on est vieilles et lentes ? s'offusqua Lenore.

Au lieu de clarifier les choses, il la taquina encore plus.

— Eh bien, c'est vrai que vous avez commencé à porter des pantoufles.

— Ce ne sont pas n'importe quelles pantoufles, mais des flamants roses licornes, expliqua-t-elle en levant le menton. Je les aime parce qu'elles sont mignonnes. Ça ne fait pas de moi quelqu'un de vieux.

— Hum, si, toussa Lena qui eut droit à un regard noir.

Lacey s'interposa avant que ça ne dégénère.

— Ce n'est pas le moment mes sœurs.

— Ouais, on ferait mieux de se reconcentrer sur notre imbécile de neveu et sur le fait qu'il n'est pas en danger mais qu'il s'envoie juste en l'air.

— J'aurais aimé qu'on le sache avant de réquisitionner ces motoneiges, grommela Lenore.

Sa remarque attira l'attention de Lawrence.

— Elles sont loin ? J'ai cru entendre le bruit des moteurs.

Les véhicules écourteraient grandement le voyage de retour.

— Comme si tu nous avais entendues arriver, se moqua Lenore. On s'est garées à environ un kilomètre.

— Un kilomètre ? Ce n'est pas trop loin alors.

— On s'est dit que tu pourrais avoir des ennuis alors on s'est faufilées jusqu'ici, expliqua Lacey.

— J'avais des ennuis, mais j'ai réussi à sortir. Par mes propres moyens, souligna-t-il.

— Waouh, trop fort. Je suppose qu'on va faire demi-tour et partir alors.

Comme un seul homme, les tantes levèrent le menton et firent comme si elles s'en allaient. Et elles l'auraient fait, s'il n'avait pas dit le mot magique.

— Même si j'ai réussi à m'enfuir après avoir été kidnappé, j'aurais quand même besoin de votre aide pour sortir de ces bois.

— Pardon ? demanda Lena. Je ne suis pas sûre d'avoir bien entendu.

— J'ai dit, aidez-moi s'il vous plaît.

— Pas avant que tu ne nous dises ce qui s'est passé. Qui est cette fille ? demanda Lenore.

— Moi aussi j'aimerais bien le savoir. Il y a quelque chose chez elle qui...

Lacey se tut en regardant la cabane.

— Quelque chose d'étrange et de familier à la fois, ajouta Lena.

— Bande de crétines. Z'êtes aveugles ou quoi putain ? jura Lenore.

Apparemment, elle avait vu ce que les autres avaient raté.

— Elle avait des marques sur son cou, dit-elle en plissant les yeux vers Lawrence. Tu l'as revendiquée comme ta compagne !

— Il a quoi ? cria Lacey.

Qui était probablement plus énervée qu'il l'ait fait sans la laisser organiser un mariage d'abord. Même si elle n'avait qu'un neveu, cela n'avait pas empêché sa tante de commencer à préparer un classeur pour son mariage – sur lequel il avait peu de contrôle.

Lenore acquiesça.

— Il l'a fait. Il a mordu cette fille.

— Cette femme, la corrigea-t-il.

Ce qui lui valut un autre regard noir.

— Une humaine, précisa Lena.

Lawrence grimaça.

— Ah, ça explique pourquoi elle a une odeur bizarre, ajouta Lacey.

Lawrence, en revanche, trouvait qu'elle avait le parfum le plus séduisant qui soit.

— Il ne peut pas être en couple, s'agaça Lena. Ce gamin est comme nous, c'est un électron libre.

— C'était, la corrigea Lena. Je sais ce que j'ai vu.

— Tu mens ! siffla Lena.

— Je ne crois pas. Regarde la tête qu'il fait.

Sa tante Lacey ne parut pas plus heureuse, mais elle prit une voix plus douce en lui demandant :

— Dis-nous, Rirou.

Elle l'appela par son petit nom. Car apparemment, quand il était bébé, il rugissait de la façon la plus adorable qui soit.

— Dis-nous ce qui s'est passé.

Avouer ce qu'il avait fait ? Ses tantes allaient être furieuses. Mais s'il mentait, elles risquaient de s'en prendre à sa Cacahuète.

— D'abord, promettez-moi de ne faire de mal à personne. Ni à moi et surtout pas à elle.

Pendant un moment, il crut qu'elles refuseraient. Lena ouvrit la bouche, mais Lacey posa la main sur son bras et secoua doucement la tête.

— Nous promettons de ne pas faire de mal à l'humaine, dit Lena d'un air renfrogné.

— Elle s'appelle Charlotte.

Autant qu'elles la considèrent comme une personne tout de suite. Une personne importante. Il savait déjà que ça ne se passerait pas très bien. Ce n'était jamais le cas.

— Charlotte, comme l'araignée rusée qui t'a entraîné dans sa toile ? dit Lena en observant la cabane avec méfiance. Est-ce qu'elle t'a forcé à la marquer ?

— Tu parles, répondit-il d'un ton sec. Elle ne connaît même pas la signification d'une morsure.

Ce fut Tante Lenore qui lui donna une tape.

— Espèce d'imbécile ! Tu as enfreint la règle !

Celle qui disait que l'on n'avait pas le droit de mordre si la personne en face ne savait pas ce que cela signifiait.

— Il y avait des circonstances atténuantes, grommela-t-il. C'est arrivé par accident pendant que j'étais sous l'influence de la drogue.

— Tu t'es drogué pour ensuite mordre la fille ? s'écria Lenore. Je croyais qu'on t'avait mieux élevé que ça !

Il esquiva le coup qu'elle tenta de lui porter et répondit rapidement :

— Je ne me suis pas drogué volontairement. Les

gens qui nous ont kidnappés m'ont injecté quelque chose.

Sa tante Lenore, qui avait la patte en l'air, se figea. Elle fronça les sourcils.

— Quelqu'un t'a kidnappé ?

— Comment se fait-il que nous n'en entendions parler que maintenant ?! aboya Lena.

C'est là qu'il en profita.

— Peut-être que si vous m'aviez localisé plus vite... Si vous aviez remarqué que votre neveu chéri, qui est comme un fils pour vous, avait disparu...

— Comment pouvions-nous savoir que tu n'étais pas en train de draguer une fille ? se plaignit Lena.

— Tu n'arrêtes pas de dire que tu as besoin d'espace, ajouta Lacey.

— C'est clairement parce que je ne suis pas aimé, dit-il en soupirant d'un air théâtral.

Lenore ricana.

— T'es un vrai petit con.

Il lui fit un clin d'œil.

— J'ai appris des meilleures.

— C'est vrai et c'est pourquoi je sais que tu essaies de gagner du temps plutôt que de vraiment nous expliquer la situation.

Lenore claqua des doigts.

— Écoutons la suite.

— La suite de quoi ? Je n'étais pas moi-même quand je l'ai marquée.

— Et étais-tu toujours drogué quand tu l'as b...

— Lena ! la coupa Lacey en criant. Je t'interdis de le dire.

— Très bien, je ne dirai rien puisqu'on peut le sentir. Et je pense que quelqu'un devrait nous expliquer pourquoi, si la morsure n'était qu'un accident, il a quand même fini par coucher avec elle.

S'il admettait qu'il n'avait pas pu s'en empêcher, ses tantes l'auraient à nouveau traité de gros matou dragueur. À la place, il préféra leur raconter comment il était arrivé jusqu'à la cabane.

— Donc, j'ai été kidnappé pendant la réception du mariage...

Il enjoliva son récit et fit en sorte que les hommes soient armés de piques à bestiaux et de pistolets. Il poursuivit en parlant de la mystérieuse patronne qui était convaincue qu'un certain objet pouvait être retrouvé et qu'ils possédaient le genre de drogue qui l'obligerait à parler. Une drogue qui semblait avoir des conséquences inattendues sur les métamorphes. Sa réaction était-elle une anomalie ou quelque chose dont ils devaient se méfier ?

Tante Lacey parut pensive.

— J'ai entendu parler de quelques plantes qui peuvent nous donner des trous noirs, mais rien d'aussi durable que ce que tu as pu expérimenter.

— Ça devait être une version ultra alors, remarqua Lenore. Il va falloir retrouver ce qu'ils ont utilisé et laisser nos scientifiques jouer avec.

Parce qu'un danger pour l'un était un danger pour tous.

— Bref, dans tous les cas, je me suis réveillé ici, juste avant que la tempête ne frappe, continua-t-il.

— Et tu n'es pas allé bien loin une fois qu'elle s'est calmée, dit Lenore en penchant la tête sur le côté.

— J'y ai pensé, mais je m'inquiétais de la capacité de Charlotte à résister au froid et à la neige. Je me suis dit qu'il valait mieux attendre votre arrivée.

— Ce qui explique pourquoi tu as fait le plus gros feu de cheminée qui existe. On pouvait le voir et le sentir à des kilomètres à la ronde, se plaignit Lena.

— Comme si vous aviez besoin d'aide pour me retrouver. Quand est-ce que le satellite m'a localisé ?

Parce que ses tantes lui avaient mis un mouchard depuis cette longue semaine de beuverie durant ses vingt ans qui les avaient fait paniquer.

— On a capté ton signal le lendemain de la fête, l'après-midi, surtout parce qu'on s'est seulement inquiétées vers midi quand tu n'es pas revenu à l'hôtel. On sait toutes à quel point tu détestes découcher.

Tante Lenore le connaissait bien.

En restant dormir, cela entraînait des discussions et des attentes qu'il préférait éviter. Il était vraiment un connard. Mais pour sa défense, il avait déjà essayé de rester en couple un peu plus longtemps avec les deux dernières femmes qu'il avait fréquentées. Il était passé de trois rencards à six. C'était son maximum avant de devoir passer à autre chose.

— Si vous m'avez localisé cette après-midi-là, nous étions encore dans la ferme. On a dû se manquer de peu.

— Pas vraiment, dit Lacey avec amertume. Il y en avait une qui était de mauvaise humeur et n'avait pas envie de partir en road-trip.

— C'était pour aller au milieu de nulle part. Évidemment que je n'avais pas envie d'y aller, souffla Lenore.

— Vu notre retard, continua Lacey, nous ne sommes parties que vers midi le lendemain quand nous nous sommes rendu compte que ton signal s'était déplacé vers des bois isolés.

Il haussa les sourcils.

— Et c'est là que vous vous êtes enfin inquiétées ? Waouh, je me sens tellement aimé.

— Arrête. Tu vas très bien. Et n'est-ce pas toi qui n'arrêtes pas de dire que tu es un grand garçon maintenant ? lui rappela Lena. Enfin bref, comme on savait que tu étais un imbécile, nous avons décidé de prendre de tes nouvelles et sommes arrivées à la ferme au moment où la tempête frappait. Non pas que ça aurait eu beaucoup d'importance. Il n'y avait rien à trouver au milieu de ces ruines.

— Quelles ruines ?

— La ferme a été incendiée, probablement juste après votre départ étant donné que les cendres étaient encore fraîches. Entre le feu et la neige, nous n'avons absolument rien trouvé, grimaça Lenore.

Sa tante prenait la traque au sérieux.

— Et en tant que tantes aimantes, vous vous doutiez que j'étais encore en vie et que j'avais des ennuis, et non pas que j'étais mort.

— Moi oui, insista Lena. Mais celle-ci pleurait comme un bébé, dit-elle en désignant Lacey du doigt.

— Parce que certaines d'entre nous ont un cœur.

— Mauviette.

— C...

Lenore se racla la gorge.

— Je leur ai rappelé que d'après le signal sur la carte, tu étais plus loin que la ferme.

— Mais ça ne voulait pas dire qu'il était en vie, dit Lacey.

— Les gens morts ne font pas de feu de cheminée, leur rappela-t-il.

— Ça ne voulait pas dire que c'était toi. Si ça se trouve, quelqu'un était juste en train de faire un énorme barbecue. Nous n'avions aucune idée de qui avait allumé ce feu jusqu'à ce que l'on se rapproche.

Lacey tapa des mains, son inquiétude évidente.

Lena secoua la tête.

— Je n'arrive toujours pas à croire que tu aies indiqué ta position de façon si flagrante. Tu savais pourtant qu'on te trouverait sans avoir besoin de ça.

— Charlotte avait froid, expliqua-t-il.

Trois paires d'yeux le fixèrent, mais c'est Lenore qui dit doucement :

— Et alors ? Si tu t'es accouplé par accident, ç'aurait été facile de la laisser mourir face aux éléments.

Facile, oui, mais ce n'était pas une option et au lieu de l'expliquer, il changea de sujet.

— Où avez-vous réussi à louer des motoneiges ?

— Nous ne les avons pas vraiment louées, avoua Lena.

— Donc vous les avez volées, dit Lawrence en soupirant. Qu'est-ce que je vous ai dit ?

L'air renfrogné de Lena allait bien avec son soupir.

— On aurait dû demander d'abord.

— Exactement, parce que les gens ont tendance à être plus heureux si vous leur donnez de l'argent plutôt que de simplement prendre leurs affaires.

— Partager c'est s'engager, souffla Lena. Et nous n'en avons besoin que pour quelques heures. Ils devraient être heureux de nous faire une faveur.

— Évidemment.

Il avait envie de se taper la tête contre un mur. Ses tantes étaient vraiment dans leur bulle.

— Ne le laisse pas nous réprimander ! aboya Lenore. C'est lui qui a toujours des ennuis. Il s'est accouplé à cette fille.

— Charlotte.

— Peu importe. Tu as marqué une humaine.

— Je n'étais pas dans mon état normal.

— Et ensuite, tu as aggravé la situation en... en...

Comme Lacey n'arrivait pas à le dire, Lena décida de le faire grossièrement.

— En la faisant gémir. Ce qui veut dire qu'il est désormais impossible de briser le lien.

— Je ne voulais pas, dit-il avant de réaliser que ça ne l'avait pas vraiment dérangé.

Il y avait quelque chose chez sa Cacahuète qui le faisait se comporter bizarrement. Il se sentait différent.

— Il est trop tard pour avoir des regrets maintenant, ricana Lena. Vous êtes désormais liés, pour le meilleur et pour le pire. Jusqu'à ce que la mort vous sépare.

— T'as besoin d'aide de ce côté-là ? demanda Lenore en faisant craquer ses phalanges.

— Non. Ce dont j'ai besoin c'est que vous ameniez les motoneiges pendant que j'essaie de trouver comment expliquer tout ça à Charlotte.

Elle avait paru assez énervée quand elle était retournée dans la cabane.

— Lui expliquer ? dit Lena en éclatant de rire. Comment vas-tu lui expliquer que non seulement tu es un putain de gros ligre mais qu'en plus elle est désormais ta femme ?

La porte de la cabane s'ouvrit en grand.

— Sa quoi ?

Il se recroquevilla plus que la fois où il avait sauté dans ce lac alimenté par un glacier.

— Je peux tout t'expliquer.

CHAPITRE DIX

— Je doute fort qu'aucun d'entre vous ne puisse expliquer cela.

Car Charlotte ne comprenait vraiment pas comment des lionnes pouvaient se transformer en femmes nues. Et avant que vous ne vous mépreniez, elle ne parlait pas de celles qui chantent en étant à poil mais de celles qui lui jetaient un regard d'acier et pourraient la réduire en pièces avec leurs ongles.

Et Lawrence n'était pas seulement de leur famille, il était l'un d'entre eux. Mais avec quel genre de monstre avait-elle couché ?

Elle regrettait de ne pas être restée pour écouter leur conversation plutôt que de retourner en trombe dans la cabane avant de réaliser que ses pas furieux et le bruit du feu qui crépite l'empêchaient d'entendre ce qu'ils disaient.

Les voix s'élevaient et devenaient plus basses alors

qu'elle essayait encore de comprendre ce qu'elle venait de voir.

Sauf qu'il n'y avait rien à comprendre. Les gens n'étaient pas des animaux. Et vice versa. Elles avaient dû porter des costumes qu'elles avaient jetés pour l'affronter.

Et Lawrence ? Il était parti vêtu d'un pantalon et était revenu totalement nu parce qu'il avait enlevé son costume de ligre. Sauf qu'elle ne se souvenait pas avoir vu de costumes sur le sol.

— Je sais que les choses te paraissent un peu étranges actuellement, ma Cacahuète.

— Un peu ? Je crois que c'est bien plus qu'un peu, là, Lawrence, dit-elle d'un air formel.

— Si tu veux son nom complet, c'est Lawrence Gerome Luke Walker, annonça celle qui s'appelait Lena dont les cheveux courts et ébouriffés étaient un mélange d'or et de gris. Ses traits étaient usés par le temps et pourtant attrayants.

Les trois femmes avaient toujours une certaine beauté en elles et elle le voyait bien puisqu'elle avait actuellement les yeux rivés sur elles.

— Qui êtes-vous ? demanda-t-elle.

— Je m'appelle Lena. Je suis sa tante préférée, dit Cheveux Hirsutes.

Celles aux tresses sombres et à la mèche argentée ricana.

— Pitié, tout le monde sait que c'est moi. Je suis sa tante Lenore. Il t'a probablement parlé de moi.

— Sauf s'il voulait la faire fuir et il ne l'a manifestement pas fait. Ignore-les ma chérie. C'est moi sa tante préférée, Lacey. C'est juste que mes sœurs ne supportent pas de voir notre neveu se mettre en couple avec quelqu'un. Je suis sûre que ta mère est pareille avec toi.

— Je n'ai pas de mère.

— Eh ben comme ça, ça sera plus facile, dit Lacey.

Ce qui lui valut de se faire réprimander par Lawrence.

— Tante Lacey !

— Quoi ? demanda-t-elle en battant innocemment des cils.

Charlotte n'eut aucune idée de ce que voulait dire Lawrence lorsqu'il siffla :

— Ne commence pas.

— Qui, moi ?

Son air innocent en clignant des yeux le fit gémir.

— Tu as ce regard sournois, là.

— Je ne vois pas de quoi tu parles.

Lacey regarda Charlotte de bas en haut avant de lui demander :

— Tu as une couleur préférée ?

— Hein ?

— Ne lui dis pas ! aboya Lawrence, l'air paniqué.

— Rirou, comment veux-tu que j'ajuste mon classeur si je ne lui demande pas ?

— Quel classeur ? demanda Charlotte.

— Celui du mariage bien sûr. Parce que vous allez répéter vos vœux devant les amis et la famille.

— Il n'a peut-être pas envie de se produire devant une audience, déclara Lena.

— Je n'épouserai pas votre neveu, ajouta Charlotte.

— Après ce qu'il t'a fait, c'est inévitable ma chère.

Comment savaient-elles ? Était-ce important ? Elle se mit à rougir.

— Je ne sais pas de quelle secte de péquenauds vous venez, mais ce n'est pas parce qu'on a batifolé ensemble que ça veut dire qu'on est mariés. À vrai dire, dès qu'on sort de ces bois, je n'ai pas l'intention de le revoir.

Bizarrement, elles restèrent d'abord bouche bée avant d'éclater de rire.

— Oh, ça va être drôle, ricana Lenore.

— On ferait mieux de partir et de leur laisser un peu d'intimité pour discuter, dit Lacey en tirant les autres femmes plus loin.

— Non, moi je veux rester et écouter, dit Lena en plantant les talons dans le sol.

— Laisse un peu d'espace à ce garçon, dit Lacey.

Puis, les tantes s'éloignèrent.

Elles partirent en tant que femmes sur leurs deux jambes avant de se métamorphoser en lionnes. Charlotte cligna des yeux.

Ouaip, c'était toujours des félins géants, ce qui était plus important que son mariage avec Lawrence.

— Qu'est-ce qui se passe ? Est-ce que je rêve ?

— Non.

— Mais comment... C'est de la magie ? Tes tantes sont des sorcières ou quoi ?

— Non. Même si elles gloussent parfois. Comme j'ai essayé de te le dire tout à l'heure, ce sont des métamorphes.

— Ce qui veut dire qu'elles peuvent se transformer comme elles veulent.

— Non, juste en lionnes, la corrigea-t-il. Les métamorphes ont tendance à n'avoir qu'une bête en eux. À moins qu'ils ne soient des hybrides, alors parfois on peut faire pencher la balance selon la volonté et la force.

— Attends, tu as dit les métamorphes. Ça veut dire que vous êtes plusieurs ?

— Il y a effectivement plusieurs espèces oui.

— Comme les loups.

— Et les ours. Il y a quelques décennies, il y avait aussi les aigles, mais comme ils se sont presque éteints à cause de la grippe aviaire, les principaux groupes sont plutôt les précédents.

Elle se frotta le front.

— Tes tantes sont des métamorphes et toi aussi.

Il acquiesça et avant qu'elle ne puisse lui poser la question, il lui montra. Il passa d'homme assez costaud à un énorme félin. Il ne ressemblait à rien de ce qu'elle avait connu. Son corps et sa crinière touffue ressemblaient surtout à ceux d'un lion, mais sa fourrure était rayée comme celle d'un tigre.

Elle se mit sur la pointe des pieds et se retint de fuir.

— Je n'arrive pas à y croire. Tu es un foutu lion-garou.

Et s'ils étaient comme les loups-garous des légendes... Elle écarquilla les yeux en se tapant le cou.

— Sale connard ! Tu m'as mordue. Est-ce que ça veut dire que je vais aussi me transformer en animal ?

Il se transforma avant de pouvoir répondre.

— Nous ne sommes pas contagieux.

— Ça, c'est toi qui le dis. Tu es vacciné ?

— Pas besoin. En général, les métamorphes ont tendance à être en bonne santé.

— Oh, quelle chance.

Sans oublier qu'elle n'avait aucune preuve qu'elle ne se transformerait pas en monstre à la pleine lune, elle n'avait que sa parole.

— Écoute, je sais que ça fait beaucoup à encaisser.

— Non, sans blague ? rétorqua-t-elle avec sarcasme. Bon, comment sont faits les lions-garous ? Tu as des parents au moins ? Ou est-ce que tes tantes t'ont recueilli lorsque tu es devenu une boule de poils ?

Parce qu'elle avait toujours du mal à comprendre que tout cela était réel. Si les gens avaient vraiment des portées d'animaux, le monde ne serait-il pas déjà au courant ?

— Elles sont ma famille. Elles m'ont élevé après la mort de mes parents. Tu crois que je les laisserais me traquer et me traiter de la sorte sinon ?

Elle haussa les épaules.

— Apparemment, je ne crois plus grand-chose.

— Oh, ma Cacahuète, ronronna-t-il. Ne le prends pas si mal. Nous sommes doués pour garder nos secrets.

— Alors, pourquoi me l'avoir dit ?

Et ils n'avaient pas fait que lui dire, ils lui avaient balancé la nouvelle au visage. Il avait été impossible pour elle de l'expliquer.

— Je voulais te l'annoncer plus doucement, mais mes tantes, comme tu as pu le remarquer, ont tendance à vouloir faire les choses à leur manière.

— Je ne sais pas ce qu'elles espèrent accomplir. Je me fiche de ce que tu es. Dès que je sors de ces bois, on ne se reverra plus.

C'était pour cela qu'elle avait été si dévergondée dans la cabane, parce qu'elle pouvait l'être sans se soucier de le revoir plus tard.

— Justement à ce propos... tu te souviens de la morsure ?

— Celle pour laquelle tu n'arrêtes pas de préciser qu'elle ne s'infectera pas ?

Elle la massa, sa peau ayant déjà perdu sa croûte et étant désormais douce. C'était plutôt rapide. Elle était peut-être plus superficielle que ce qu'elle avait cru.

— La morsure s'estompera en guérissant, mais ce qu'elle symbolise ne s'effacera pas. Elle te désigne comme étant ma compagne.

— Ta quoi ?

— Ma compagne. Ma femme. Ma partenaire pour la vie.

Elle cligna des yeux avant de dire lentement :

— Je ne crois pas non.

— J'ai bien peur que ce soit déjà fait. Aïe ! Merde ! Pourquoi est-ce que tu me frappes ?

— Espèce de sale menteur ! Depuis tout ce temps. Tout ce qui sort de ta bouche est un mensonge ! hurla-t-elle en continuant de le frapper.

Il saisit ses poignets et grogna :

— Assez !

— Non. Pas avant que tu ne me dises que tout ça n'est qu'une putain de blague.

— Désolé de te décevoir, dit-il platement. Mais ce n'est pas une blague. Nos futurs sont liés, Cacahuète.

— Je me fiche de savoir ce que cette morsure signifie pour toi et ton *peuple*. Je n'ai jamais consenti à être quoi que ce soit pour toi.

— Je ne l'ai pas fait exprès.

— Et c'est mieux peut-être ? lâcha-t-elle en levant les yeux au ciel. Comment est-ce qu'on annule tout ça ?

Il haussa les épaules.

— Ce n'est pas une réponse, ça.

— Tu n'aimerais pas la réponse.

— Et si je refusais tout simplement d'être ta femme ?

— Je ne pense pas que tu puisses, dit-il avec moins de certitude.

— Tu ne penses pas ? ricana-t-elle. Effectivement tu n'as pas beaucoup réfléchi si tu croyais pouvoir utiliser ton joli minois et tes prouesses sexuelles pour me transformer en une sorte de concubine.

— Une concubine c'est une maîtresse. Toi, tu es mon âme sœur.

Comme sa remarque audacieuse lui fit battre le cœur, elle répondit avec véhémence.

— Non, c'est faux !

— Écoute, je ne sais pas s'il y a un moyen de briser le lien, mais si tu veux on peut demander de l'aide pour le découvrir.

— À qui ? D'autres métamorphes ? ricana-t-elle d'un ton amer.

— Je ne le dirais pas comme ça à ta place, sinon la seule solution qu'ils te proposeront ce sera une tombe dans un marais.

Elle resta bouche bée.

— Tu me tuerais ?

— Pas moi.

Il pinça les lèvres et n'en dit pas plus.

Ce qui n'atténua pas le frisson qui la parcourut soudain.

— Tu as froid.

Immédiatement soucieux, il enroula les bras autour d'elle et elle aurait pu protester contre cet homme nu qui la serrait contre lui, sauf qu'il était plutôt chaud. Son corps se fichait de savoir que c'était un vrai menteur, elle avait envie de se prélasser dans cette chaleur.

— Est-ce que tu vas laisser quelqu'un me tuer ? demanda-t-elle en levant la tête vers lui.

— Non, je trouverai un moyen d'arranger les choses. Je te le promets.

Il pencha la tête sur le côté et regarda au loin.

— J'entends les tantes revenir.

Elle entendit rapidement le grondement lointain

des moteurs puis la lumière des phares qui rebondissait annonça leur arrivée.

La liberté était à portée de main. Alors pourquoi fut-il douloureux de jeter un dernier coup d'œil à la cabane ?

— Allez, on va t'habiller chaudement, ma Cacahuète. Le trajet va être glacial.

Il insista pour qu'elle s'enroule dans le sac de couchage et la couverture, ce à quoi elle protesta :

— Mais toi aussi tu as besoin de vêtements chauds.

Les tantes étaient arrivées avec des jogging, des bottes, des vestes et des bonnets ridicules avec des pompons.

— Ça ira. Je gère mieux le froid que vous.

— Est-ce qu'une fois de plus tu insinues que nous sommes vieilles ? se plaignit Lena par-dessus le grondement de sa motoneige.

Lacey roulait derrière elle.

— Jamais. Mais il fait plutôt froid dehors si l'on ne porte que sa peau.

Il conduisit Charlotte jusqu'à Lenore qui était assise seule sur sa motoneige.

— Accroche-toi bien.

— Et toi ?

— Ça ne me fera pas de mal de faire un peu d'exercice, dit-il avec un clin d'œil avant de se transformer en lion.

Il partit en courant et elle ne put que le regarder faire.

— Ce n'est pas normal, murmura-t-elle.

— Oh, chérie, tu n'as encore rien vu. Maintenant, accroche-toi bien. Les freins sur ces machines ne marchent pas très bien.

C'était peu dire.

Elles traversèrent la forêt en évitant les arbres de justesse. Le danger était si extrême qu'elle enfouit son visage contre le dos de Lenore. Elle n'avait pas envie de voir la mort arriver.

Elle n'avait pas non plus envie de voir Lawrence et de se rappeler ce qu'il était.

Un métamorphe.

N'était-ce pas ce qu'il y avait dans les livres et séries fantastiques ? Elle avait envie de le nier, mais cela impliquerait d'ignorer la réalité qui se trouvait juste devant elle. Et plus important encore, il fallait qu'elle comprenne ce que cela signifiait pour elle. Était-elle vraiment en couple avec un lion ? Avait-elle été choisie par l'homme le plus beau et le plus viril qu'elle ait jamais rencontré ? Un beau gosse qui l'avait fait jouir...

Elle frissonna, non pas à cause du froid et au loin, quelque chose rugit.

CHAPITRE ONZE

Quelque chose frissonna en Lawrence, d'une façon qu'il n'avait expérimentée que très récemment – à cause de Charlotte.

Il avait affronté ses tantes pour elle. Et il était prêt à sortir les griffes et les crocs si jamais quelqu'un osait dire quelque chose. Et puis, d'un autre côté, il était très inquiet. Quand on s'accouplait, c'était pour la vie, et pourtant, il n'avait jamais réussi à avoir une relation de plus de quelques semaines. Comment pourrait-il tenir aussi longtemps ?

Le fait qu'il ne soit pas encore lassé d'elle était un bon signe. Ressentirait-il la même chose une fois qu'il aurait satisfait son désir ? Ou bien était-ce possible qu'il arrête enfin de butiner à droite et à gauche ?

Il regrettait de ne pas pouvoir voir l'avenir. Il voulait faire confiance aux liens qui unissaient les âmes sœurs. Mais ses tantes l'avaient élevé dans la méfiance. Elles lui avaient appris à s'épanouir en tant que célibataire. Sauf qu'elles n'avaient jamais vraiment été seules. Elles avaient toujours été ensemble. Avant, Lawrence avait au moins Dean. Et il savait que ses tantes ne l'abandonneraient jamais. Mais ce qu'il voulait de la part de Cacahuète n'était pas quelque chose qu'il avait déjà désiré auparavant.

C'était excitant. Effrayant. Perturbant.

Pourquoi était-ce si compliqué ?

Il s'efforça de suivre les traces des motoneiges en forçant sur ses quatre pattes. C'était agréable de sentir l'air frais ébouriffer sa crinière après le moisi de la cabane. Ses pattes frappaient la neige fraîche, la projetant dans l'air telles de fines pellicules.

À sa grande surprise, le sentier déboucha sur la ferme dont ils s'étaient échappés. L'odeur de la fumée imprégnait l'air et la maison n'était plus qu'une ruine carbonisée. Quelqu'un avait-il essayé de couvrir leurs traces ? Ou bien avait-il accidentellement provoqué l'incendie dans sa fuite ? Il ne s'en rappelait pas et c'était assez agaçant car tous les indices qu'ils auraient pu glaner sur leurs ravisseurs avaient été brûlés. Il ne connaissait même pas le nom de la patronne et ne savait pas si elle était morte cette nuit-là.

Il se demanda également si cette femme en avait après lui ou quelqu'un d'autre. En se creusant la tête et en se repassant les conversations, il réalisa qu'il avait supposé qu'ils en avaient après lui, mais s'il étudiait la situation d'un autre œil... C'était peut-être Peter, le frère de sa Cacahuète, qu'ils recherchaient depuis le départ.

S'il était impliqué avec le genre de personnes qui n'avaient pas peur de kidnapper des gens et de leur administrer des sérums de vérité, ça ne présageait rien de bon pour la santé et la survie du frère de Charlotte.

Il se transforma et avança vers le coffre de la voiture, certain qu'elles lui avaient apporté des habits de rechange. Charlotte ne disait pas grand-chose, elle se contentait de serrer la couverture contre elle et de fixer les ruines du regard. Elle avait rangé ses lunettes dans une poche pour le trajet et les avait remises dès l'instant où elles s'étaient arrêtées.

— Je suppose que ce n'est pas moi qui ai fait ça en partant ? remarqua-t-il en s'approchant d'elle.

Elle haussa les épaules.

— Pas que je m'en souvienne, mais ce n'est pas évident de voir quelque chose quand tu as la tête en bas sans lunettes et qu'on te secoue comme un sac de pommes de terre qu'on emmène faire un petit jogging.

— Tu es bien plus sexy qu'un sac de légumes.

— T'as l'habitude de hisser les femmes sur ton épaule et de partir avec elles ?

— Tu es la première.

— Et ne t'inquiète pas, tu seras probablement la dernière, dit sa tante Lena. Bon, les enfants, si vous avez fini de ne rien faire de constructif, ramenez vos fesses dans la voiture. On a au moins une heure de trajet avant l'endroit le plus proche avec de l'alcool et de la nourriture.

La voiture était étroite et bien chaude avec eux cinq entassés à l'intérieur. Une partie de la chaleur irradiait principalement de lui car il était en colère que Charlotte semble déterminée à ne plus vouloir entendre parler de lui. Elle choisit de s'installer au milieu de la banquette arrière, mais lorsqu'il fit mine de la rejoindre, elle lui dit :

— Je préfèrerais que ce soit tes tantes qui s'assoient avec moi.

— Oh, en voilà une surprise, murmura Tante Lenore. D'habitude, les filles se bousculent pour se rapprocher de toi.

— Ça n'aide pas là, gronda Lawrence en se glissant sur le siège passager avant.

— Je dois avouer que je commence à bien apprécier cette fille.

C'était un sacré compliment venant de Lena.

— Elle sait qu'elle ne doit pas écouter toutes tes conneries.

Bizarrement, Charlotte vint à sa rescousse.

— Je commence à comprendre pourquoi il a du mal à s'engager. J'ai déjà entendu parler de gens qui avaient du mal à couper le cordon, mais là, vous l'avez carrément enroulé dans un lasso épineux, tout ça avec beaucoup de sarcasme. Alors, forcément, c'est le bazar.

Son reproche poli les laissa bouche bée face à cette humaine qui les accusait d'être toujours dans les pattes de Lawrence.

Il faillit ricaner. Surtout qu'elle ne plaisantait pas.

Lenore fut la première à être vexée.

— C'est pas comme si on voulait être celles qui prennent soin de lui.

— Mais il faut bien que quelqu'un le fasse, ajouta rapidement Lacey.

— Pour une fois, mes sœurs ont raison, intervint Lena. N'oublie pas que Rirou est un homme et nous savons toutes qu'ils ont besoin d'un protecteur. C'est pour ça que je ne me suis jamais casée.

— Les hommes s'attendent à ce qu'on partage un placard, dit Lacey d'un air horrifié.

Alors que Lenore ajoutait :

— Ça, ça ne me dérange pas, le problème c'est que j'ai tendance à les intimider au bout d'un moment.

— En même temps, quand tu fais un bras de fer avec eux, que tu gagnes et que tu leur dis de faire la marche de la honte parce qu'ils ont perdu, ça ferait fuir n'importe qui, dit Lena en ricanant.

— Je suis surprise, compte tenu de votre vision si éclairée, qu'il soit aussi inepte à son âge, dit Charlotte.

Face à cette insulte, si bien tournée, ses tantes restèrent silencieuses pendant une seconde avant de toutes parler en même temps, énumérant toutes les qualités de Lawrence.

— Oh, il est peut-être idiot parfois, mais en vérité c'est un garçon brillant. Il a eu majoritairement des B à l'université. Mais il aurait eu des A s'il s'était appliqué, dit Lacey.

— Et il est beau. Même si son père est mort assez jeune, on peut t'assurer que son grand-père a bien vieilli. Il est toujours considéré comme le félin le plus chaud lapin de Floride où il passe tout son temps maintenant, ajouta Lena.

Lawrence s'enfonça dans son siège. Le vieil homme était à la fois un modèle et une projection effrayante de ce que lui réservait l'avenir. Grand-père ne s'était pas remarié quand son épouse était morte. Il était devenu un séducteur. Il l'était désormais depuis vingt ans maintenant. Finirait-il par en avoir marre ?

Il jeta un coup d'œil à Charlotte qui croisa son regard. Elle eut un petit rictus quand elle répondit :

— La beauté ne fait pas tout.

— Ce garçon sait faire beaucoup de choses. Il peut chasser. Il pratique plusieurs sports. Donne-lui un ballon, des gants ou une batte et notre neveu deviendra un professionnel.

Cette fois-ci Lenore le mit en avant.

C'était de la torture. La pire qui soit, car ses tantes semblaient déterminées à faire en sorte que Charlotte l'apprécie. Mais sa Cacahuète était têtue.

— Est-ce qu'il est vraiment bon ? Ou est-ce qu'il a un avantage que les autres n'ont pas ? demanda-t-elle.

— Ce n'est pas de sa faute s'il est né parfait, renifla Tante Lacey.

— Parfait ? rigola Charlotte. Je n'emploierais pas ce mot.

— Alors comment qualifierais-tu mon neveu ? demanda doucement Lena.

Trop doucement.

Il garda un œil sur elle. Juste au cas où.

— Je dirais que c'est un homme qui a besoin de jouer un rôle au lieu d'être lui-même, dit Charlotte.

— Non, il ne fait pas semblant d'être un tombeur. C'est un...

Une pichenette à l'arrière de la tête de Lenore l'arrêta dans son élan. Mais c'était déjà trop tard.

— Vous voulez dire un queutard ? dit Charlotte en acquiesçant. Ouaip. Je vois ça. Il est bien trop beau. Je parie que les filles ne lui donnent même pas de fil à retordre.

— Effectivement. Et c'est pour ça qu'il s'ennuie, approuva Lenore.

— Est-ce parce que les femmes ne l'intéressent pas ?

Une fois de plus, Charlotte déforma les paroles de sa tante.

Lacey éclata de rire.

— Oh, elle est vive.

— Trop vive, grommela Lena.

— En parlant de ça, où allons-nous à cette vitesse folle ? demanda Charlotte.

Bonne question.

— Tatie ?

— Je vous l'ai dit. On a faim, grogna Lena.

— Ce qui veut dire ?

— Il n'y a pas beaucoup d'endroits ici avec de la nourriture et de quoi boire, et peut-être un lit pour dormir, donc nous n'avons pas vraiment le choix.

Lena semblait éviter de répondre à leurs questions.

— Pourquoi ai-je l'impression que ça ne va pas me plaire ?

Lenore soupira.

— Parce que c'est le cas. Nous allons chez les Medvedev.

Il pinça les lèvres.

— Vous plaisantez. Vous vous rendez bien compte qu'ils sont tarés non ?

La dernière fois qu'il avait croisé un ours de la meute Medvedev, il avait failli se faire arrêter.

— Ça ira. Arrête de faire ton chaton, se moqua Tante Lena.

— Un chaton ?

Charlotte se mordit la lèvre mais n'arriva pas à retenir son hilarité.

— Je sais, c'est dur de le voir comme un jeune garçon maintenant qu'il est si grand. Il n'est plus aussi mignon que quand il était petit.

Lenore ne l'aidait pas.

— Hé ! protesta-t-il.

— Quoi ? C'est la vérité. Il avait des joues tellement dodues quand il était bébé, s'enthousiasma Lacey.

Puis elle en profita pour le montrer à Charlotte, car évidemment, elles avaient des photos sur leur téléphone, une véritable chronologie de sa vie. Et sa Cacahuète les regarda vraiment avant de dire :

— Sa pauvre maman. Regardez-moi cette grosse tête.

— C'est vrai que c'était un gros chaton. Dès son plus jeune âge nous avons dû lui faire suivre un régime protéiné et lui faire faire de l'exercice, expliqua Lena avec fierté.

L'histoire de sa vie continue de se dérouler au fur et à mesure qu'elles montraient les photos.

Charlotte le regarda même à quelques reprises, même s'il ne la regardait pas – pas directement en tout cas. Il était affalé d'une façon qui lui permettait de la regarder dans le rétroviseur.

Il ne la quitta pas des yeux, jusqu'à ce qu'ils franchissent un vieux portail en fer forgé encastré dans une arche de pierre sombre. L'allée était caillouteuse et bordée d'arbres et menait jusqu'à un rond-point avec une énorme fontaine en pierre dont l'eau jaillissait froidement. Quelques Jeeps sans portes ni toits, couvertes de boue et de neige fondue, étaient garées un peu partout.

La maison était immense et faite de pierres naturelles et taillées. Elle avait l'aspect d'une ancienne forteresse mais disposait d'équipements modernes comme des lumières à la place des torches. La filtration de l'air aurait pu être meilleure, car dès qu'ils entrèrent, ses poils se hérissèrent.

Il espérait vraiment qu'*il* ne serait pas là.

Il dut probablement grogner, car Charlotte murmura :

— Qu'est-ce qu'il y a ?

— Les ours.

— Hein ?

Il n'eut pas le temps de lui expliquer, car quelqu'un s'écria :

— Tiens donc, Lawrence le Petit Ligre, mon meilleur ami au monde ! Viens dans mes bras.

Un homme immense s'avança vers lui et il ne put éviter l'étreinte qui faillit lui briser les côtes.

— Bonjour, Andrei, parvint-il à haleter.

Il n'allait certainement pas se plaindre. Seules les mauviettes ne pouvaient faire face à un câlin d'ours.

— Quelle belle surprise ! Je savais que tu finirais par me pardonner.

— Ce n'est pas le cas. Ce sont mes tantes qui ont insisté pour venir.

Il prit un air renfrogné en se remémorant la dernière fois qu'ils avaient été ensemble, quand il avait terminé en prison et qu'on le déshabillait pour le fouiller. Ses fesses se contractaient encore rien qu'en sentant l'odeur du latex.

Andrei eut un grand sourire.

— Tu as ramené tes tantes ? J'ai toujours adoré les femmes plus âgées. Elles sont toujours célibataires ?

— Si tu les veux, prends-les, marmonna-t-il.

— Plus tard peut-être, car je sens quelque chose de délicieux. Tu m'as ramené une petite friandise humaine ?

Andrei se frotta les mains. Il aimait plaisanter en disant que sa famille mangeait les paysans humains de la région lorsque les hivers étaient maigres. Du moins, Lawrence espérait qu'il plaisantait.

— Elle n'est pas pour toi. Elle s'appelle Charlotte.

Et puis, comme il n'aimait pas la façon dont Andrei la reluquait, il déclara publiquement pour que tout le monde l'entende :

— C'est ma compagne.

CHAPITRE DOUZE

Charlotte qui observait la pièce autour d'elle se focalisa ensuite sur l'homme immense avec la grosse barbe qui avait essayé d'écraser Lawrence en le serrant dans ses bras. Le type jovial riait sans s'arrêter. Au moins, il y en avait un qui s'amusait. Personnellement, elle avait terriblement envie de partir. Elle était quasiment certaine d'avoir entendu le mot « ours ». Ours comme un métamorphe ours ?

Où ça ? Y en avait-il dans cette pièce ?

Elle avoua qu'elle était impressionnée. La salle sur deux étages était équipée de tables et de bancs, le style rustique était extrêmement bien fait avec des surfaces en bois vieilli scellées dans la résine. Les longues banquettes étaient épaisses et lourdes pour éviter qu'elles ne basculent, mais chaque place était assez confortable pour les fesses.

Vous souhaitez quelque chose de plus doux ? Alors, installez-vous près de la cheminée flamboyante avec de larges canapés, de gros fauteuils et des tapis. Beaucoup de tapis. Partout où elle regardait, elle voyait encore plus de tapis à poil long sur le sol pavé.

Elle s'attendait presque à voir des bougies en levant les yeux, mais le propriétaire avait opté pour un éclairage électrique monté sur une roue en bois massif et des ventilateurs au plafond avec de longues ailettes pour faire circuler l'air. C'était nécessaire, vu le nombre de personnes qui se trouvaient à l'intérieur. Trente à quarante personnes au moins. On aurait dit qu'ils venaient de tomber sur une fête de géants.

Du moins, c'était l'impression qu'elle avait, étant donné qu'elle faisait au moins trente, parfois, soixante centimètres de moins qu'eux. Ils étaient également bien plus imposants qu'elle. Il y avait beaucoup de similitudes dans la foule, la plupart d'entre eux avaient des cheveux bruns luxuriants. Il n'y avait pas un seul chauve et la plupart des hommes avaient une grosse barbe. Les femmes étaient grandes et robustes et leurs rires étaient aussi audacieux que ceux des hommes.

Que Dieu lui vienne en aide, elle était passée d'une voiture pleine de lions à une tanière d'ours. C'était quoi la suite, une fosse aux crocodiles ?

Il faut que je sorte d'ici. Il fallait qu'elle s'échappe avant d'être bel et bien foutue, mais comment ? Pour retourner à la civilisation, il fallait au moins qu'elle vole une voiture. Qu'elle la vole à des lions, des géants et des ours.

Oh, mon Dieu.

Mais quelle était l'autre alternative ?

L'homme immense se pencha vers elle, un sourire déterminé sur le visage, mais Lawrence fut plus rapide, enroulant un bras autour de sa taille avant qu'elle n'ait le temps de protester.

— Cacahuète, ma chère compagne, j'aimerais te présenter mon vieil ami, Andrei, annonça Lawrence assez bruyamment.

Sa compagne ? Elle lui jeta un regard et il inclina rapidement la tête, l'air de dire « *Joue le jeu* ».

— Tu l'as vraiment fait ? s'étonna Andrei qui paraissait plus surpris qu'autre chose. Sacré salaud.

De nouveaux rires éclatèrent et elle ne fit pas attention lorsqu'il ajouta :

— Laisse-moi serrer la mariée dans mes bras.

Attendez, il parlait de…

— Hiii.

Charlotte ne put s'empêcher de couiner quand il l'attrapa. Pendant un instant, Lawrence crispa le bras et elle craignit de se retrouver au milieu d'une lutte acharnée qui risquait de faire mal.

— Deux secondes. Pas plus, dit-il en la relâchant.

Andrei – qui ne ressemblait en rien au géant de la lutte[1] – lui fit un câlin qui aurait pu lui briser les os. Mais l'homme sentait étrangement bon et fut plutôt doux, elle s'en sortit donc plutôt bien quand il la reposa par terre.

Un bras possessif s'enroula autour de sa taille et elle le laissa faire. Elle s'appuya même dessus.

— Je n'arrive pas à croire que tu te sois mis en

couple, dit Andrei en secouant la tête. Je n'aurais jamais pensé que tu te poserais un jour.

— Il suffit de trouver la bonne personne, mentit doucement Lawrence.

C'était forcément un mensonge, parce qu'il ne pouvait pas sérieusement penser ça. Ils se connaissaient à peine. C'était forcément de la comédie.

— Je croyais que les enfants étaient au lit, remarqua une femme assez grande aux cheveux bouclés et noirs.

Sa remarque était destinée à la contrarier et cela fonctionna. Mais elle ne pouvait pas le laisser paraître.

— Je parais jeune pour mon âge.

— C'est ta taille. Tu es terriblement petite.

Son regard sournois se tourna ensuite vers Lawrence.

— Et ne t'ai-je pas entendu dire qu'elle était ta compagne ? Drôle de couple. N'as-tu pas peur qu'elle se brise en deux si tu es trop vigoureux ? Nous savons tous les deux que tu aimes bien quand c'est un peu brutal.

Le sous-entendu n'était pas très subtil et Lawrence se raidit, ses doigts s'enfonçant dans sa chair avant de se retirer.

— Lada, toujours aussi classe je vois, dit Lawrence d'un air mécontent.

— Depuis quand est-ce que tu veux d'une femme ?

— Depuis qu'il a décidé d'arrêter de coucher avec des ordures, rétorqua brutalement Charlotte.

Plusieurs personnes écarquillèrent les yeux et Lada plissa les siens avec fureur.

— T'es en train de m'insulter là ?

— Si tu n'en es pas sûre, est-ce que ça compte vraiment ? ne put s'empêcher de répondre Charlotte.

À chaque fois, elle ouvrait la bouche et s'attirait encore plus de problèmes. Elle se faisait des amis partout où elle allait. Pff, tu parles.

Andrei apaisa les tensions.

— Ta compagne a du mordant. Il faut juste que tu l'engraisses un peu.

— Non, Charlotte est parfaite, répondit Lawrence.

Cela lui fit plaisir.

Certes, c'était probablement un mensonge, une comédie pour ces personnes insolentes, mais elle l'apprécia. Pendant environ cinq secondes.

— T'es ivre ou quoi ?! s'exclama Lada. Comment ça, parfaite ? Tu l'as bien regardée ? Elle est *humaine* et minuscule.

L'insulte était grossière. Elle croyait également que Charlotte allait rester là sans rien dire. Qu'elle allait simplement écouter cette vieille truie jalouse. Oui, jalouse, car il y en avait une qui n'avait pas su garder son homme.

Sa remarque fit ressortir la fouteuse de merde en elle. Même si Lawrence s'était légèrement éloigné d'elle, elle l'attira plus près. Son bras s'enroula à nouveau autour d'elle, comme si c'était là sa place.

Elle sourit à Lada.

— Ne t'inquiète pas pour mon doux Rirou. Mon chaton câlin est plus que satisfait de ce que j'ai à lui offrir. Nous revenons tout juste d'un charmant séjour en pleine nature. Juste lui, moi et la cheminée. Dommage que ses tantes ne puissent pas le laisser seul plus de quelques jours, sinon nous y serions encore, nus devant ce feu.

Lawrence enfouit soudain son visage dans ses cheveux et elle eut l'impression qu'il tremblait légèrement.

Lada pinça les lèvres.

— Mieux vaut en profiter tant que tu le peux. Ça ne durera pas. Ça ne dure jamais.

— Tu es sûr de ça ? J'ai entendu dire que lorsqu'on était accouplés, c'était pour toujours.

Elle inclina le cou pour montrer la marque de ses morsures et le visage de Lada devint rouge cramoisi.

— J'ai besoin d'un verre.

Lada tourna les talons et s'en alla d'un pas lourd.

Andrei applaudit en éclatant de rire.

— Eh ben, putain, ce n'est pas souvent que Lada est remise à sa place !

Mais elle avait seulement gagné contre elle car elle avait menti. Elle avait prétendu que toute cette histoire d'accouplement était vraie. Tu parles. Même si Lawrence n'était plus vraiment un inconnu, elle n'était pas encore prête à le désigner comme son mari. Et d'après ce qu'elle avait entendu, il n'était pas du genre à s'attacher à une seule femme.

Cela voulait dire que, tôt ou tard, cette comédie prendrait fin. Mais pour l'instant, il fallait qu'elle joue un rôle. Et là tout de suite, ils devaient faire semblant d'être deux tourtereaux sur le point de se marier. Ou qu'elle soit sa compagne, comme ils disaient.

Lawrence semblait vouloir s'assurer que ce fait soit bien clair pour Andrei. Mais le géant laissait les railleries glisser sur lui, préférant en rire pour lui renvoyer ensuite l'ascenseur.

Lawrence lui lança :

— Vu les kilos que tu as pris, tu m'as l'air prêt à hiberner.

— On n'aime pas tous être minces comme un garçon prépubère. Je suis un homme, un vrai, répondit Andrei en faisant un clin d'œil à Charlotte.

Cela ne voulait rien dire. Elle voyait bien qu'Andrei le faisait exprès et pourtant, Lawrence agissait comme s'il était agacé. Oserait-elle même dire jaloux ? Par rapport à elle ?

Devait-elle être flattée qu'il montre un tel intérêt pour elle ? En tout cas, ça réchauffait certaines parties de son anatomie. Ou bien devait-elle être vexée qu'il puisse croire qu'elle soit superficielle au point de le laisser la toucher pour ensuite, séduire un autre juste devant ses yeux ?

C'était tellement étrange et différent, qu'elle décida d'apprécier. Pourquoi pas ? Cette comédie finirait bien par prendre fin. D'ici deux jours au moins.

Elle se blottit contre lui alors qu'ils remplissaient une assiette de nourriture et la partageaient. Les couverts semblaient manquer, car tout le monde mangeait avec les doigts. Lawrence la nourrit, en trempant des morceaux de pain frais et chaud dans du beurre. Elle aurait pu gémir devant le plaisir simple et pur que lui procurait le goût délicieux.

Il semblait souffrir.

Elle posa la main sur son bras alors qu'il détournait le regard.

— Ça va ?

— Ça va. Je vais bien.

— T'es sûr ? Tu ferais peut-être mieux de t'allonger.

— Peut-être marmonna-t-il.

— Qu'est-ce qui se passe ? Mon petit ligre est fatigué ? T'es trop vieux pour traîner avec tes gars ? le nargua Andrei.

Lawrence pinça les lèvres face au défi. D'ici une seconde, le concours de bites allait vraiment commencer. Il fallait qu'elle trouve un moyen de les sortir d'ici sans toucher à la fierté de l'ours. Seule une chose pouvait le faire taire.

Elle sourit et se pencha en avant, tout en sachant que son chemisier, avec son bouton manquant, était ouvert.

Chose que leur hôte remarqua. Quand elle était arrivée, elle s'était inquiétée que l'on remarque qu'elle ne s'était pas lavée depuis quelques jours, sauf qu'elle s'était rendu compte que tout le monde s'en fichait. Mais cela aidait aussi qu'Andrei ait le visage heureux d'un homme ivre. Il s'enfilait des tasses d'un litre qu'il n'arrêtait pas de remplir.

Son regard suivit la crevasse sombre de son décolleté alors qu'elle murmurait :

— Ne sois pas idiot. Mon Rirou câlin n'est pas fatigué. C'est notre code pour dire : « Partons d'ici pour trouver un endroit où nous pouvons être plus tranquilles ».

— Fais-le attendre. Reste ici, bois plus avec moi et rends-le fou, lui suggéra Andrei en haussant les sourcils.

Ses lèvres tressautèrent.

— Qu'est-ce qui te fait croire que ça ne me rendra pas tout aussi folle ? Après tout, nous ne sommes pas en couple depuis longtemps, dit-elle en posant la main sur celle de Lawrence qui enroula ses doigts autour des siens.

— Ah, l'amour naissant, soupira Andrei. Loin de moi l'idée de m'y opposer. Mais la nuit ne fait que commencer il y a encore plein de grizzlys.

— Tu ne veux pas plutôt dire de « whisky » ? répondit-elle.

— Je me suis trompé.

Andrei pencha la tête et la regarda tout en parlant à Lawrence.

— Elle n'en sait rien, n'est-ce pas ? dit-il d'un air énigmatique.

— Elle en sait assez.

— Ce qui est déjà trop, dit Andrei en tapotant des doigts sur la table. Tu me mets dans une position difficile.

— Laisse-la tranquille, Andrei.

Lawrence parla à peine plus haut qu'un murmure, et pourtant sa voix vibrante était pleine d'autorité.

Mais le plus important, c'était de comprendre pourquoi Lawrence pensait qu'Andrei la menaçait.

— Tiens, tiens, Andrei le potelé. Tu as bien grandi. Et regardez-moi ce petit duvet.

Tante Lacey apparut soudain entre les deux hommes, avec un grand sourire en ébouriffant les cheveux d'Andrei.

— Je vois qu'il y en a un qui a bien mangé son petit-déjeuner ainsi que celui de ses frères.

— Lacey. Tu es ravissante.

— Et toi tu es bien ivre, ce qui est assez impressionnant pour un ours. Et si on laissait mon neveu tranquille et qu'on allait partager quelques toasts ? lui dit Lacey avec un clin d'œil.

Était-elle vraiment en train de flirter avec le jeune homme ?

— Et si l'on ouvrait un tonneau que j'ai mis de côté ? proposa Andrei en se levant et en passant un bras autour des épaules de Lacey avant de partir avec elle.

Tante Lenore prit sa place, claquant des doigts.

— Allons-y pendant qu'elle le distrait. Évidemment, il a fallu que tu le contraries.

— Moi ? Il a quasiment fait des avances à Charlotte, dit Lawrence.

— Elle n'est pas capable de dire non elle-même ? demanda sa tante.

Ce à quoi elle répondit :

— Si. Mais c'est un homme, donc son potentiel de stupidité est…

— Est multiplié ! s'exclama Lena qui arriva par derrière. Foutus géants ! Les Medvedev cherchent toujours les ennuis.

— Tu le savais et pourtant tu nous as amenés ici.

Lawrence prit la main de Charlotte alors qu'ils s'échappaient de la grande salle pour prendre un couloir et au bout, les escaliers.

— Nous sommes venus parce qu'ils ont un très bon hydromel. On rentrera à la maison demain matin après une bonne nuit de repos.

Il ricana.

— Comme si vous alliez dormir, les félines fêtardes.

Feignant être choquée, Lenore renifla :

— Je me sens personnellement attaquée.

Sa remarque fit sourire Charlotte.

Lenore ouvrit une porte, deux étages et trois couloirs plus tard.

— Pendant que tu agaçais Andrei, je nous ai fait attribuer des chambres.

— Ce n'est pas de ma faute s'il était déjà saoul, grommela Lawrence.

— C'est vrai qu'ils font une sacrée fête, remarqua Charlotte.

— C'est leur routine du soir, se moqua Lena. Tu veux voir une vraie fête ? Viens pour le solstice d'hiver et d'été. Il y a cinq fois plus de monde et ça dure des jours.

— Dans tous les cas, assure-toi de verrouiller la porte. Parfois, Andrei et sa famille aiment bien se balader, lui rappela Lena.

Les tantes s'en allèrent avant même que Charlotte n'ait le temps de réaliser qu'elle et Lawrence étaient seuls dans une chambre, avec un seul lit.

— On partage la chambre ?

— Nous sommes en couple. C'est un peu normal.

— Oh.

Elle n'avait pas réalisé qu'ils continueraient de jouer ce rôle en privé.

— Ma tante te l'a expliqué. C'est une vieille rivalité.

Elle secoua la tête.

— C'est bien plus qu'une simple rivalité entre vous.

— Tu as vu comment il était non ?

— Oui et il est gros, bruyant, turbulent et semble vraiment t'apprécier bizarrement, même si tu es un con.

— Je croyais que tu avais compris qu'il était un ours.

— Pour de vrai ? Je croyais que tu plaisantais.

— Pourquoi inventerais-je un truc pareil ? dit-il d'un air perplexe.

— Est-ce que tout le monde en bas est un ours ?

— Non.

Elle soupira puis se crispa quand il ajouta :

— Je suis presque sûr qu'il y avait au moins deux loups aussi.

— Pourquoi est-ce que tu hais Andrei en particulier ?

— Les lions et les ours ne s'entendent pas bien.

Elle avait l'impression que c'était plus que ça.

— Tes tantes semblent l'apprécier. Et je vais prendre le risque de dire qu'un soir tu as peu trop aimé Lada également.

Il grimaça.

— Je ne le voulais pas. Tu te rappelles que ma tante a mentionné leur hydromel ? Eh bien il est très puissant. Je me suis saoulé avec Andrei et je me suis réveillé avec elle sur moi. Je n'ai aucune idée de comment elle s'est retrouvée là, mais j'étais jeune. Idiot. Je ne lui ai pas dit de partir. Et depuis elle est super collante.

C'était brutalement explicite et Charlotte aurait pu être plus dégoutée s'il n'avait pas été honnête.

— J'ai l'impression que tu n'aimes pas sortir avec des filles.

— Ce n'est pas le fait de sortir avec quelqu'un qui me dérange. C'est le reste qui me laisse perplexe.

Face à son regard vide, il s'expliqua.

— Au dîner, j'ai vu que tu préférais le vin rouge au blanc et entre les deux rouges que tu as essayés, tu as choisi celui à l'étiquette foncée plutôt que celui qui était rose.

— Qu'est-ce que mes préférences en matière de vins ont à voir avec ça ?

— C'est une question de goût. Pour savoir ce que tu aimais, tu as essayé plusieurs millésimes. Tu en as probablement apprécié quelques-uns avant de choisir ton préféré. Mais l'intérêt que tu portes à ton favori s'estompe avec le temps, alors tu continues d'essayer, à la recherche du prochain vin qui étanchera ta soif.

— Donc, si je comprends bien, tu compares toutes les femmes que tu rencontres à des vins médiocres que tu n'as pas envie de boire ?

— Pourquoi se forcer à aimer quelque chose ? Le vin que tu choisis ne devrait-il pas être parfait ? Tout comme le partenaire que tu choisis devrait cocher toutes les cases.

— Et tu n'as jamais rencontré personne qui s'en rapproche ?

Il ouvrit la bouche et elle s'attendit à ce qu'il dise non.

— Pas jusqu'à présent.

Elle cligna des yeux face à son sous-entendu. Elle sentit la chaleur lui gonfler la poitrine. Elle était ravie de cette réponse, mais elle lui paraissait trop parfaite. Elle n'y crut pas.

— Est-ce ta façon super ringarde de dire que c'est différent avec moi ? Laisse-moi deviner, je suis le champagne de tous les vins. Depuis que tu m'as rencontrée, je suis la seule chose que tu as envie de boire.

— Un truc comme ça, oui.

Elle ricana.

— Roh, pitié. Je ne suis pas si crédule.

— Qu'est-ce qui te fait croire que je mens ?

— Parce que ça fait quoi, trois jours qu'on s'est rencontrés ? Durant une situation assez stressante. Ce qui veut dire que tu ne connais pas la vraie moi. Celle qui aime traîner en pyjama le week-end et manger des plats surgelés tout en faisant des puzzles devant Netflix.

— Ajoutes-y un feu de cheminée et ça me semble être la perfection.

— Tu trouves que ça paraît romantique ? Ça ne l'est pas.

— Honnêtement, ça paraît relaxant et confortable. Et je suis totalement pour.

— Arrête de faire comme si cette histoire d'accouplement allait marcher. Ce que tu penses ressentir en ce moment n'est pas authentique. Une fois qu'on aura repris une vie normale, tu réaliseras que je ne suis pas la femme que tu recherches.

— Et si c'était le cas ?

— Pourquoi es-tu si têtu à ce sujet ? Et ne me dis pas que c'est à cause de la morsure. Est-ce que tu te sentirais mieux si je portais un foulard pour la cacher ?

— Non !

— Tu ne peux pas construire ta vie autour d'un rituel débile. Comme tu l'as dit avant, je suis humaine. Vos règles bizarres ne s'appliquent probablement pas à moi.

Il serra la mâchoire. Son corps entier se crispa de colère.

— Tu veux me quitter.

— Peux-tu vraiment m'en vouloir ? Rien n'est vraiment normal depuis notre rencontre.

Il passa une main dans ses cheveux.

— Je sais. Et je suis désolé. Je n'avais pas prévu tout ça. Je ne m'attendais certainement pas à te rencontrer toi.

— Aïe.

Il se retourna.

— Ce n'était pas une insulte. C'est juste que tu as été une vraie surprise.

— Comme un ballon qu'on se prend dans les dents.

Ce fut à son tour de grimacer.

— Ce n'était pas si horrible.

— Mais ce n'était pas ce que tu voulais. Qu'est-ce que tu veux de moi ? lui demanda-t-elle. Parce qu'un coup tu veux qu'on soit ensemble pour toujours puis un coup t'es un queutard qui ne se posera jamais.

— Et si j'étais simplement un homme qui veut être heureux pour toujours mais qui a peur d'être trop queutard pour se caser ?

— C'est exactement ce que je viens de dire.

— Ce qui prouve à quel point je suis perdu. Je ne comprends pas ce qui se passe entre nous. C'est nouveau pour moi aussi. Tout ce que je peux dire, c'est qu'il y a un truc chez toi qui fait que je te veux, pas juste ton corps, mais ta présence, ta voix. Et quand tu me touches...

Il ronronna et son regard se posa sur sa bouche.

Ses mots n'étaient que séduction et ils flottaient contre sa peau. Sa poitrine se raidit, son entre-jambes se contracta.

— On dirait plutôt que tu as la couille bleue parce qu'on nous a interrompus. Tu ne ressentirais probablement pas la même chose si l'on avait couché ensemble.

Il pinça les lèvres.

— C'est une possibilité. Que nous pouvons arranger.

Il jeta un coup d'œil vers le lit. Le seul et unique lit.

Elle comprit ce qu'il suggérait. De coucher. Avec lui.

Et elle était tentée. Tellement tentée. Mais elle avait passé ces derniers jours à travailler dans la cuisine, se faire kidnapper – pas une, mais deux fois – et n'avait pas pris de douche depuis tout ce temps. Même si elle avait au moins réussi à faire la grosse commission un peu plus tôt quand elle s'était éclipsée au dîner pour trouver des toilettes.

— Laisse-moi y réfléchir.

Il bâilla plutôt que de discuter.

— Je ne sais pas toi, mais j'ai hâte de dormir dans un vrai lit.

Le seul lit de la chambre attira son regard. Il était sûrement assez grand pour les accueillir tous les deux, parce qu'elle ne comptait pas y renoncer pour sa morale de pacotille.

— Tu crois qu'ils nous ont laissé des pyjamas ? demanda-t-elle.

Il secoua la tête et enleva sa chemise.

— J'en doute. Les ours sont encore plus nudistes que les lions. J'étais même surpris qu'ils soient habillés en bas. Enfin, vu le tonneau qu'ils ont sorti, d'ici une heure ça aura probablement changé.

— Tes tantes...

— Vont probablement commencer une partie de strip-poker.

Elle fronça le nez.

— Ta famille est bizarre.

— Ouais.

Elle adoucit ses paroles en ajoutant :

— Mais elles t'aiment vraiment.

— Ouais.

Il sourit faiblement en commençant à enlever son pantalon de jogging.

Elle se retourna, les joues en feu. Ce n'était pas comme si elle ne l'avait pas vu, mais là c'était différent.

Sa colère s'était dissipée. Elle était sortie des bois. En sécurité.

Elle se faisait draguer par le plus bel homme qui soit. Et désormais, elle savait ce que cet homme pouvait lui procurer comme sensations physiques. Ce n'était pas étonnant que son entre-jambes la chatouille.

— Viens te coucher, ma Cacahuète.

— Je dois d'abord prendre une douche.

Elle le fuit pour la salle de bain froide avec la coiffeuse décorée, son lavabo, son bidet – soufflant de l'air chaud, chose qu'elle avait expérimentée au rez-de-chaussée. Il n'y avait pas de papier toilette ici. Et une grande douche avec différents pommeaux et une cloison en verre ainsi qu'un sol orné de galets avec un contour en pierre sombre qui ondulait sur le carrelage blanc.

L'eau ne mit que quelques secondes avant d'être chaude.

Elle s'avança sous le jet et soupira. Quel bonheur. Le paradis. Pur.

La paroi en verre s'embua et elle leva le visage vers le pommeau.

Elle gémit. Puis tressaillit lorsque deux mains s'enroulèrent autour de sa taille.

— Lawrence ?

Elle se retourna et le vit dans la douche.

— Qu'est-ce que tu fais ?

— J'espère t'aider à te laver. À moins que tu ne veuilles que je m'en aille ?

S'il ne lui avait pas laissé le choix, s'il avait dit quelque chose d'insolent, elle aurait pu dire non. Mais il se tint tranquille, attendant sa réponse.

Elle prit ses joues dans ses mains, l'attirant pour un baiser et lui murmura :

— Je crois que la douche est assez grande pour deux.

Il gémit en la soulevant et la poussant jusqu'à ce que son dos heurte le carrelage froid, la faisant inhaler profondément. Sa bouche capture le son dans un baiser torride et ça lui alla parfaitement.

Tout ça lui allait parfaitement.

Elle avait envie de lui. Et là, actuellement, il avait envie d'elle.

Malgré la nature frénétique de leur baiser, il finit par ralentir, prenant son temps. Il la reposa doucement, s'écartant assez pour pouvoir caresser son corps de haut en bas. Il la toucha doucement, lui chatouillant les côtes du bout des doigts, puis sur le côté, suivant les courbes de sa taille et de ses hanches avant de descendre plus bas pour caresser ses fesses.

Il l'attira contre lui. La dureté de son sexe se coinça contre son bas-ventre. Si dur. Pour elle. Un désir à la fois flatteur et excitant.

Il passa la main dans ses cheveux, lui faisant pencher la tête en prenant le temps de goûter ses lèvres. La sensualité de son geste la fit frissonner. Le mouvement lent suffit à frotter ses mamelons contre son torse. Ils pointèrent aussitôt, tels des bourgeons durs qui raclaient sa chair et il s'immobilisa.

Il arrêta de l'embrasser mais seulement parce qu'il comptait faire autre chose de sa bouche. Il mordilla doucement son cou en descendant. Elle frissonna et se cambra alors que ses lèvres descendaient plus bas, le début de sa barbe irritant sa peau, mais d'une façon délicieuse. Les mains qui tenaient ses fesses remontèrent jusqu'à sa cage thoracique avant de soulever ses seins.

Il les toucha, puis les serra, les rapprocha l'un contre l'autre pour enfouir son visage dans leur creux. Un geste qui la fit mouiller et se tortiller.

Elle tendit la main vers lui et il écarta les hanches.

— Arrête.

— Pourquoi ? gronda-t-elle alors qu'il continuait d'aspirer ses seins, chaque succion lui provoquant un éclair de plaisir.

— Parce que je ne veux pas que ça se termine et si tu me touches...

Il n'eut pas besoin de terminer sa phrase. L'excitation dans sa voix la fit rougir de la tête aux pieds.

Il grogna contre sa chair, faisant vibrer son téton et

elle gémit. Elle promena ses doigts à travers ses cheveux mouillés et s'y accrocha alors qu'il suçait ses mamelons, mordillant et les taquinant chacun leur tour jusqu'à ce qu'elle le supplie.

— Lawrence, s'il te plaît.

— À tes ordres.

Elle n'eut plus assez de souffle pour protester quand, au lieu de lui offrir son sexe, il s'agenouilla. Ses lèvres trouvèrent ses cuisses et pressèrent leur marque brûlante sur sa chair. Il promena son doigt le long de ses jambes et les écarta. Il la récompensa en caressant ses lèvres inférieures.

La taquinant avec une simple caresse, il se pencha en avant et effleura ses poils du bout du nez, tandis que ses doigts glissaient contre les lèvres gonflées de son sexe. D'avant en arrière, et elle était tellement concentrée qu'il dut lui rappeler :

— Respire, ma Cacahuète, ou mieux encore, crie pour moi, dit-il avant de plaquer sa bouche contre elle.

Oh. Mon. Ooooh. Elle laissa échapper un gémissement alors qu'il la lapait, sa langue rapide et déterminée, ses caresses étaient parfaites alors qu'elles portaient toute leur attention sur son clitoris. Quand elle crut qu'elle allait exploser, il le sentit et partit goûter ses lèvres. C'était tout aussi agréable. Elle s'agrippa à lui, serrant ses cheveux humides, notamment pour ne pas tomber, car ses jambes n'étaient plus que de la gelée.

Comme s'il avait senti son dilemme agréable, il agrippa ses hanches, ce qui non seulement lui permit de rester debout, mais lui permit de la lécher sous un meilleur angle. Et quand il aspira son clitoris avec sa bouche, elle ne put plus se retenir. Dans un cri, elle explosa, son orgasme la traversant de toute part, la faisant palpiter, haleter, frissonner. Mais il n'avait pas terminé. Il se leva et d'une main, il leva sa jambe pour la passer autour de sa hanche, il l'écarta pour la pénétrer.

Il la remplit parfaitement, son sexe était long et dur, juste comme il fallait pour que chaque caresse vienne stimuler un point précis. En seulement quelques coups de reins, il fit renaître son orgasme qui faiblissait. Il toucha son point G encore et encore, la faisant haleter. Elle s'accrocha à lui et quand leurs lèvres se rencontrèrent, leur baiser fut un moyen d'être encore plus proches.

Il continuait de donner des coups de reins et elle sentit que le plaisir monter avant d'atteindre le sommet, les muscles de son sexe se crispèrent un peu plus durant son deuxième orgasme.

C'était tellement étroit qu'il tressaillit.

Quand son orgasme redescendit enfin, elle avait les jambes en coton. Ce fut lui qui l'aida à se savonner et à se rincer. Il l'enroula dans une grosse serviette moelleuse et la porta jusqu'au lit.

Elle se réveilla le lendemain matin avec lui blotti contre elle, son sexe dur et long pulsant contre son dos.

— Bonjour, ma Cacahuète, murmura-t-il contre ses cheveux.

— Bjour.

Elle ne pouvait pas vraiment rougir, vu ce qu'ils avaient fait et pourtant, elle était mal à l'aise.

Ce n'était pas le cas de Lawrence.

— On a encore un peu de temps avant le petit-déjeuner.

Il se tortilla contre elle.

— J'espère qu'il y a encore du bacon.

— T'inquiète pas, je vais te donner quelque chose de salé, grogna-t-il dans son oreille.

Le temps qu'il se glisse en elle, elle était déjà en train de haleter et de se tordre.

Pour une fille qui d'habitude n'aimait pas faire l'amour le matin, elle jouit tellement fort qu'elle trempa le lit.

CHAPITRE TREIZE

Charlotte ne voulait pas sortir de la salle de bain et Lawrence ne comprenait pas pourquoi.

— Qu'est-ce qui ne va pas, ma Cacahuète ?

— Va-t'en.

— Pas avant que tu ne me dises pourquoi tu es partie t'enfermer là-dedans.

— N'est-ce pas évident ?

— Est-ce que je te poserais la question si c'était le cas ?

Ça, ça lui paraissait bien plus évident.

— Je suis désolée pour le lit.

— Quoi le lit ?

— Il est mouillé, murmura-t-elle d'un air horrifié.

Il sourit.

— Oui, effectivement.

Il n'avait jamais rien ressenti de plus glorieux que lorsqu'elle avait joui sur son sexe enfoui en elle.

— Je ne voulais pas faire pipi.

C'est alors qu'il comprit qu'elle avait mal interprété ce qui s'était passé.

— Ce n'est pas du pipi. Tu es une femme fontaine, ma Cacahuète. Tu as joui tellement fort que tu as *éjaculé*.

— Dégueu. Beurk.

Il entendit la porte grincer alors qu'elle s'appuyait contre.

— C'est les bonbons Juicy Squirt[1] qui giclent, pas moi.

— Ça, c'est parce que tu n'avais pas encore rencontré l'homme de ta vie.

— Je t'interdis d'en faire un truc prétentieux du style c'est-parce-que-je-suis-tellement-doué-au-lit.

— Est-ce que tu te sentirais mieux si je te disais que tu es la première femme que j'ai fait jouir comme ça ? Et je n'ai jamais été aussi flatté.

Elle ouvrit légèrement la porte et jeta un coup d'œil dehors.

— Je n'ai pas pu m'en empêcher. C'était...

— La meilleure relation sexuelle que tu n'aies jamais eue. De rien.

Elle fronça le nez.

— Merci de me rappeler que tu es un queutard.

— Tu cherches à m'humilier ? s'étonna-t-il en haussant les sourcils.

— C'est juste une simple observation.

— Tout ça, c'était avant que je ne te connaisse.

— Ah, tu veux me faire croire que maintenant tu es le genre de type qui ne reste fidèle qu'à une seule femme ? dit-elle en ouvrant un peu plus la porte. Arrête. Je ne suis pas si crédule.

— Pourquoi est-ce que je ne pourrais pas ?

— Parce que tu vas te lasser de moi. Je ne suis pas une lionne ou une ourse. Ni rien d'intéressant d'ailleurs. Je suis juste moi.

— Exactement.

Elle leva les yeux au ciel.

— Tu as déjà couché avec moi. Tu n'as pas besoin de me passer de la pommade.

— Je vois qu'il va falloir qu'on travaille sur la confiance mutuelle.

— Il n'y a pas de confiance mutuelle puisqu'il n'y a pas de « on ».

— Si tu le dis, ma Cacahuète.

Mais il n'était pas aussi sûr qu'elle. Même s'il avait quelques doutes sur cette histoire d'accouplement, il pouvait au moins reconnaître une chose : il ne s'était pas encore lassé.

— Ça te dit qu'on aille manger un bout ? Je suis affamé.

Beaucoup de gens avaient la gueule de bois au petit-déjeuner. Pas ses tantes évidemment. Elles étaient capables de boire bien plus que n'importe quel homme ou femme.

Ce fut lorsqu'il termina de manger qu'il leur demanda :

— Quand est-ce qu'on s'en va ?

— On ne part pas tout de suite, mais vous, vous pouvez prendre la voiture si vous voulez, lui proposa

Lenore en mangeant sa deuxième assiette de pancakes.

— Vous restez ? Mais pourquoi ?

— On a encore des affaires à régler, dit Lenore en faisant un clin d'œil à des types au bout du couloir.

Il pâlit.

Lawrence aurait pu discuter, mais si elles ne voulaient pas venir, ça voulait dire qu'il passerait plus de temps seul avec Charlotte. Du temps pour échanger, sauf qu'elle ne disait pas grand-chose. Ils n'avaient aucune affaire à préparer et se mirent rapidement en route.

À chaque kilomètre, elle était de plus en plus renfermée, mais ce ne fut que lorsqu'ils atteignirent la périphérie de la ville qu'il comprit pourquoi.

— Où est-ce qu'on va ? demanda-t-elle.

— À mon hôtel.

— Ça ne te dérange pas de me déposer d'abord à mon appartement ?

— J'ai bien peur que ce ne soit pas possible.

— Pourquoi ?

— Premièrement, nous avons des voyous qui en ont après nous.

— Après nous ou toi ?

— Même s'ils ont abandonné l'idée, nous avons une raison encore plus importante de rester ensemble. À moins que tu n'aies oublié ce que je t'ai dit sur cette marque dans ton cou ?

Elle ne prenait peut-être pas le lien qui unissait

deux âmes sœurs au sérieux, mais lui, de son côté, était de plus en plus convaincu que tout ça était bien réel.

Elle gémit.

— Oh non, pas encore cette foutue histoire de morsure. Tu m'as mordue. On a couché ensemble. C'est bon, c'est terminé. On sait très bien que tout ça ne nous mènera nulle part.

— Tu es sûre de ça ?

Il n'eut qu'à poser sa main sur sa cuisse pour sentir qu'elle frissonnait.

— Qu'est-ce que ça fait si l'on est toujours attirés l'un à l'autre ? C'est pas grave. On peut toujours se revoir avant que je parte si tu veux.

— Que tu partes ? Tu vas où ?

— À la maison. Je rentre aux États-Unis.

— Et qu'en est-il de ton frère ?

— Il est temps que j'abandonne. Je n'ai plus d'argent. Plus de piste. Rien. Je perds mon temps ici.

— Je t'ai dit que je t'aiderais.

— Comment ? Ça fait des mois qu'il a disparu et je n'ai toujours rien trouvé.

— J'ai plus de contacts que toi. Donne-moi quelques jours et je trouverai des infos.

— Non. Laisse tomber.

Bizarrement, il devina qu'elle avait peur.

— Tu penses que si nous partons à la recherche de Peter, nous allons découvrir qu'il est mort.

Elle tressaillit.

— Pour l'instant, je peux toujours me convaincre

qu'il est vivant et qu'il a simplement disparu. Je peux garder un peu d'espoir.

Ses lèvres tremblaient.

— Oh, ma Cacahuète.

Il eut envie de la serrer très fort dans ses bras, mais elle resta froide. Ce n'était plus la femme libertine qu'il avait fait jouir très fort ce matin.

— Je ne veux pas de pitié.

— C'est ce qu'on appelle de la compassion.

— Peu importe. Il faut que tu tournes à la prochaine pour aller à mon appartement.

— Nous allons à mon hôtel.

— Je t'ai dit que...

Il la coupa.

— Au cas où tu l'aurais oublié, nous nous sommes fait kidnapper il y a quelques jours.

— *Tu* t'es fait kidnapper. J'étais juste un accident de parcours.

— Ah oui ? Moi je pense que je n'étais pas l'homme qu'ils cherchaient.

— De quoi tu parles ? demanda-t-elle très rapidement.

— Ne fais pas l'idiote. Et si tout ça n'avait rien à voir avec moi et que c'était moi l'accident de parcours ?

— C'est toi qui m'as dit qu'ils en avaient après toi.

— C'était une supposition qui tenait la route puisque j'ai tendance à agacer pas mal de monde, mais en y réfléchissant, je me suis peut-être trompé. Personne ne m'a jamais demandé comment je m'appelais. Ce qui m'amène à me demander si j'étais bien leur cible de départ. Mais toi oui, c'est sûr. Dans quel genre d'affaires penses-tu que ton frère puisse être impliqué ?

Elle pinça les lèvres et il eut sa réponse.

— OK, émettons une hypothèse. Disons que ces gens cherchaient ton frère. Cela voudrait dire qu'il n'est pas mort, mais qu'il se cache.

— Alors n'est-ce pas mieux de le laisser tranquille jusqu'à ce que ces sales types arrêtent de le chercher ? Et si on les menait tout droit vers lui ?

— Et s'il a besoin de notre aide ?

Elle se mordilla la lèvre inférieure, le rendant alors très jaloux.

— S'il a ce genre d'ennuis, je ferais mieux d'aller voir la police.

— Tu veux faire appel à la police russe ? dit-il en haussant les sourcils. Donc tu veux qu'il aille en prison ?

Elle soupira longuement et bruyamment.

— Qu'est-ce que tu me suggères d'autre ?

— Laisse-moi tâter le terrain, voir si des personnes de mon réseau ont entendu parler de lui ou l'on vu. En même temps, j'essaierai d'en apprendre plus sur les personnes qui nous ont kidnappés. Voir si c'était bien ton frère qu'ils cherchaient et si oui, savoir ce qu'ils essayaient de lui extorquer.

— Ça ne peut pas être de l'argent. Il est toujours fauché et je doute qu'il ait un trésor caché quelque part. J'ai fouillé son appartement. Il n'y a rien.

— Alors tu ne m'en voudras pas si je vais moi-même y jeter un coup d'œil plus tard.

— Pourquoi plus tard ? Pourquoi ne pas y aller maintenant ?

— Parce que l'hôtel est juste là, dit-il en le pointant du doigt. Et cela fait déjà des heures que je t'ai fait jouir.

— Lawrence ! cria-t-elle d'une voix aiguë qui le fit glousser.

— Qu'est-ce que tu veux que je te dise ? Je suis accro à toi.

Il s'arrêta devant l'hôtel et un portier s'approcha, prêt à aider Charlotte à descendre.

Lawrence fut assez rapide pour l'intercepter, contournant la voiture et arrivant à temps de l'autre côté pour pousser le portier, ouvrir la porte et lui tendre la main.

Elle l'observa avant de la lui prendre. Il la tira vers lui et la serra dans ses bras, un peu plus longtemps que nécessaire.

— T'étais vraiment obligé de le pousser pour avoir fait son travail ?

— Oui, dit-il avec un sourire imperturbable.

— Tu es vilain.

— Je suis le pire, admit-il.

Elle se hissa sur la pointe des pieds, l'air exténué.

— Tu veux que je te porte ?

Elle secoua la tête.

— Que vont dire les gens ?

— Je devrais préciser que l'hôtel a été grassement payé pour fermer les yeux.

— Encore un de tes secrets, marmonna-t-elle.

— Plus pour longtemps. Donne-moi une chance et je t'expliquerai tout ce que je peux.

— Et si je n'ai pas envie de savoir ?

— Tu préfères que je me taise ?

Elle pinça les lèvres.

— Je suis trop fatiguée pour réfléchir. Repose-moi la question demain.

Elle lui emboîta le pas et se raidit en passant à côté des portiers. Mais ils maintinrent les portes ouvertes sans un mot malgré leur air blasé.

Heureusement, il n'y avait pas beaucoup de monde. Ils arrivèrent jusqu'à sa suite sans avoir croisé personne. Il enleva immédiatement ses chaussures et se dirigea vers le Minibar. Elle resta figée à la porte.

— Ne reste pas là. Mets-toi à l'aise. Si tu veux prendre une douche, il y a un peignoir dans la salle de bain.

— C'est vrai qu'une douche, ça ne peut pas faire de mal.

— Aussi chaude et longue que tu le désires, ma Cacahuète.

Des mots magiques qui finirent par lui donner le sourire.

— Tu risques de le regretter.

Effectivement, mais seulement parce qu'elle y resta longtemps. Seule. Et nue. Alors il se contenta de la deuxième salle de bains, plus petite, avec sa simple douche. Mais cela fit l'affaire et il résista à la tentation de la rejoindre.

C'était de la torture, mais il avait envie qu'elle se

détende. Elle était épuisée. Méfiante à son égard. Il était aussi curieux de voir ce qui se passerait s'il ne faisait pas le premier pas.

Lorsqu'elle émergea, emmitouflée dans un peignoir blanc et spongieux, ses cheveux retenus par une serviette, ses lunettes de travers, elle le retrouva allongé sur le canapé, le téléphone à la main. Il avait demandé à la réception de lui en apporter un nouveau et regardait désormais ses messages. La plupart de ses amis pensaient qu'il avait pris une cuite ou se cachait encore d'un père/mari en colère. Les gens le méprisaient-ils tant que ça ?

— Comment tu te sens ?

— À nouveau humaine.

Il ricana.

— C'est une mauvaise blague ?

— J'avais oublié cette histoire de chat. Vous vous lavez et prenez des bains ou vous vous léchez juste pour faire votre toilette ? demanda-t-elle, le regard amusé.

— Juste pour ça, je ne te donnerai pas les vêtements que j'ai commandés. Tu es plus jolie sans de toute façon.

— Lawrence !

— C'est la vérité.

Il adorait la voir rougir.

— Qu'est-ce qui sent si bon ? demanda-t-elle en serrant le col de son peignoir.

Sa pudeur l'amusa étant donné qu'il avait déjà léché la plupart de ses parties intimes.

— Je nous ai commandé de la nourriture.

La joie sur son visage lui fit regretter que ce soit pour des aliments comestibles.

— Où ça ?

Il se leva, mais avant qu'il ne puisse la désigner du doigt, Charlotte courut presque vers le chariot et ses assiettes en cloches. Elle en prit une avec du poulet, des pommes de terre et une sorte de sauce crémeuse servie avec des légumes. Elle utilisa un petit pain pour éponger le jus et le dévorer.

Il mangea également, silencieux, attendant qu'elle fasse la conversation, car il ne savait pas vraiment par où commencer. Ce ne fut que lorsqu'elle gémit au dessert – une sorte de mousse à base de sucre et de fruits – qu'elle retrouva enfin sa langue.

— C'était bon.

— Seulement bon ?

— Ça m'a manqué de manger avec nos doigts.

Elle observa ceux de Lawrence et il se mit à durcir.

Se souvenait-elle également de ce que ses doigts avaient fait d'autre ? La sensation de sa bouche sur sa chair ?

— J'ai encore faim.

— Je ne crois pas qu'il reste grand-chose.

Elle observa la table, puis lui.

— Je n'ai jamais dit que j'avais faim de nourriture.

Elle inspira profondément.

— J'imagine que la question, c'est de savoir si je suis si mauvais que ça ? demanda-t-il en haussant les sourcils, cherchant à la taquiner pour détendre l'atmosphère. Après tout, tu as dit que la raison pour laquelle je ne revoyais jamais les filles avec qui j'avais couché était parce que j'étais mauvais au lit.

Le rappel la fit sourire.

— Tu es toujours vexé par rapport à ce que j'ai dit ? Tu veux que je te dise que tu étais correct ?

— Correct ?

— OK, tu n'étais pas mal.

— Tu me tues, là, Cacahuète.

— Tu préfères que je te dise qu'être avec toi c'est comme de se retrouver en pleine tempête et d'en ressortir en ayant l'impression d'avoir été essorée ?

Il la fixa du regard.

— Donc je suis vraiment nul.

Elle éclata de rire.

— Mais non, au contraire, tu es bien trop doué. Assez doué pour que je ne puisse pas me contenir.

Elle se leva et, mordant sa lèvre inférieure, elle s'avança jusqu'à ce qu'elle se tienne devant lui. Les joues rouges, elle lui dit :

— C'est pas toi qui disais que tu étais trop impatient de me ramener à l'hôtel ?

— C'est une plainte ?

— Je me demande juste si tu es un homme de parole.

— Viens sur mes genoux et je te montrerai.

Elle s'assit sur lui. Son peignoir s'ouvrit et il fut en elle en quelques secondes à peine. Elle le chevaucha, les doigts agrippés au dossier de sa chaise, la tête penchée en arrière, ses cheveux mouillés tombant dans son dos, sa silhouette se tordant sur lui.

Il fit de son mieux pour suivre le rythme, sa chair était chaude entre ses doigts et celle de Charlotte était accueillante. Quand elle jouit, il ne put s'empêcher de jouir avec elle.

Le plaisir fut intense. Et il en avait déjà à nouveau envie. Mais il pouvait attendre jusqu'à ce qu'ils se reposent, se dit-il alors qu'elle s'endormait dans ses bras.

CHAPITRE QUATORZE

Pourquoi était-ce si bon ?
C'était le seul regret de Charlotte alors qu'elle se glissait hors du lit avec ce grand type étalé de tout son long. Son amant. Et d'après lui, son âme sœur.

Il serait facile et agréable de prendre ce qu'il avait à offrir. De profiter du sexe. D'apprécier ses attentions. Ce sentiment de ne pas être seulement digne mais aussi aimée.

Cependant, elle n'avait pas besoin d'une boule de cristal pour savoir qu'ils étaient condamnés.

Pas seulement parce qu'il était un lion et bien trop beau pour elle.

Tout le monde n'arrêtait pas de lui dire qu'il n'était pas du genre à se contenter d'une seule femme pour toujours et elle n'était pas assez bête pour croire qu'elle pourrait être cette femme, si celle-ci existait vraiment. Le problème, c'était que si elle restait avec lui, elle allait finir par espérer. Elle sentait déjà qu'elle avait des palpitations quand il la regardait de ses yeux doux. Elle avait envie qu'il la touche.

Mieux valait partir maintenant pendant qu'elle pouvait encore résister à la tentation.

Sauf qu'il y avait un problème.

Lawrence la rattrapa quand elle fut sur le point d'ouvrir la porte de la chambre.

— Où est-ce que tu vas ?

Elle fronça le nez. Elle avait espéré éviter cette confrontation.

— Je m'en vais, évidemment.

— Et tu y as manifestement bien réfléchi. Parce que ce que je me demande, c'est comment tu vas faire sans portefeuille ni argent ?

— Faire du stop.

Ce qui était la pire faille de son plan.

— Faire du stop en montant dans la voiture d'un inconnu au lieu de marcher avec moi ? Tu as tant envie de t'échapper que ça ?

Oui, car plus elle passait du temps avec lui, plus elle fermait les yeux sur les raisons qui devaient la pousser à ne pas s'attacher à lui.

— C'était sympa, mais tu as ta vie. Et j'ai la mienne.

Plus ou moins.

— Tu ne peux pas juste t'en aller comme ça, ma Cacahuète. Nous avons encore des choses à régler.

— Ah ouais, ben regarde-moi faire.

Elle ouvrit la porte, mais ne parvint pas à sortir car les tantes la bloquaient.

— Tu n'iras nulle part, dit Lena d'une voix traînante en la poussant sur le côté.

— Vous ne pouvez pas m'en empêcher.

Lacey eut presque l'air de s'excuser quand elle lui dit :

— Désolée, ma chérie, mais pour ce cas-là, elle a raison. On ne peut pas te laisser partir.

— Pardon ? Ce n'est pas à vous de le décider.

— Eh bien si. Sécurité du Clan, déclara Lenore en claquant des doigts. Ce qui veut dire que c'est nous qui décidons qui représente une menace pour le Clan.

— Quelle menace ? Vous faites deux fois ma taille, rétorqua Charlotte.

— C'est méchant, répondit Lenore avec véhémence.

Lena, la dernière à entrer, ajouta :

— Ce n'est pas de la faute de Lenore si elle n'a aucune volonté dès qu'il s'agit des desserts.

— Tu peux parler, toi.

— Certaines d'entre nous font de la muscu, dit Lena en contractant.

Lenore rigola.

— Tu veux régler ça avec un bras de fer ?

— Vous ne pouvez pas faire ça plus tard ? souffla Lacey. Nous avons quitté une tanière bien chaude, tout ça pour le problème Charlotte.

— Ah oui, la supposée âme sœur de notre neveu.

— Il n'y a rien de supposé là-dedans, dit-il depuis la place qu'il avait réquisitionnée sur le canapé de la suite. Elle est à moi.

— J'ai bien l'impression que ça lui pose problème, remarqua Lenore.

— Alors il va falloir qu'elle s'y fasse ! aboya Lena.

Comme si elle allait se laisser intimider face à quelque chose d'aussi important.

— Excusez-moi, mais c'est ma vie que vous essayez de manipuler là. Je n'ai jamais accepté d'épouser votre neveu. Et si là vous trouvez que je fais ma difficile, attendez de voir ce qui va se passer si vous essayez de me faire prisonnière.

— Nous n'avons pas vraiment le choix, souligna Lenore en s'installant à côté de Lawrence. Voilà la situation. Tu es en possession d'un certain secret qui est très important pour nous. La seule raison pour laquelle tu es encore en vie, c'est parce que Rirou ne serait pas très content que l'on te tue.

— Me tuer ? Mais c'est quoi votre problème ?! s'exclama Charlotte.

Elle pivota vers Lawrence.

— Tu vas la laisser me parler comme ça ?

— Personne ne va te tuer.

Elle pinça les lèvres.

— Je ne serai pas votre prisonnière.

— Alors fais quelque chose ! s'agaça Lena. Ne regarde pas mon neveu en espérant qu'il te sauve. Sauve-toi toute seule.

Charlotte plissa les yeux.

— J'ai déjà essayé. Vous n'avez pas voulu me laisser partir.

— Parce qu'il faut que tu nous prouves que tu n'es pas une menace.

— Comment puis-je le faire si vous me gardez enfermée ? rétorqua-t-elle d'un air exaspéré.

— Elle n'a pas tort, dit Lawrence.

Il se pencha vers la table basse sur laquelle un écran s'illuminait avec un menu pendant qu'il choisissait ses plats.

— Oh, si tu commandes le petit-déjeuner, j'ai besoin de protéines. Des œufs. Du bacon. Des saucisses. Du jambon, dit Lenore en cochant les plats. Pas de pommes de terre rissolées par contre, je surveille les glucides.

— Des pâtisseries pour moi, parce que certaines d'entre nous n'ont pas ce genre de problème, ajouta Lacey avec un rictus.

— Commandez votre propre petit-déjeuner dans votre chambre, ordonna Lawrence. Ça, c'est seulement pour ma Cacahuète et moi.

— On ne peut pas partir. Elle représente un risque pour la sécurité du clan, ce qui veut dire qu'on ne peut pas la perdre de vue.

— C'est une blague, souffla Charlotte. Vous ne pouvez pas m'espionner.

— Oh que si, déclara Lena d'un air sinistre.

— Jusqu'à ce qu'on soit sûres de pouvoir te faire confiance, ajouta Lacey en haussant les épaules d'un air désolé.

— Lawrence ? demanda Charlotte en l'interrogeant du regard.

— Ouais, Lawrence qu'est-ce que tu vas faire ? railla Lenore.

Il se massa entre les sourcils.

— Est-ce que ça peut attendre que j'aie mangé ?

— Je pense qu'on vient d'avoir ta réponse, répondit Charlotte d'un ton froid.

Elle s'avança vers la porte, déterminée à partir. Oseraient-elles poser la main sur elle ?

Lacey essaya de lui barrer la route.

— Désolée, mais tu ne peux pas partir.

C'est lorsque Lena lui attrapa le bras que Charlotte s'énerva.

— Lâche-moi !

Face à sa remarque acerbe, Lawrence gronda :

— Laisse-la.

— Je le ferai une fois qu'elle sera sage.

— Tout de suite.

Des mots simples et menaçants qu'il expira en se levant du canapé.

Sa tante Lena haussa les sourcils, mais relâcha Charlotte.

— Je rêve ou tu viens de me manquer de respect ?

— Personne ne touche à ma compagne.

— C'est notre travail de protéger le Clan. Elle représente une menace, dit Lenore en la pointant du doigt.

— Je ne le dirai à personne.

Personne ne la croirait de toute façon.

— Ça, c'est toi qui le dis. Puis un jour, tu seras ivre et tu commenceras à piailler...

Lena rapprocha ses doigts et son pouce, imitant une bouche qui parle avec la main.

— Ensuite, les gens vont commencer à émettre quelques théories, et on va devoir se la jouer Epstein..., dit Lena en secouant la tête. Alors que tout ça pourrait être évité ici et maintenant.

Le frisson qu'elle éprouva fut rapidement chassé lorsque Lawrence s'approcha. Il ne la toucha pas et pourtant, sa chaleur la pénétra. Elle recula contre lui, cherchant inconsciemment une proximité. Il enroula les bras autour d'elle et il posa la main sur son ventre, les doigts enroulés autour de sa taille.

Sa voix retentit comme un grondement sourd.

— Ça suffit les menaces. Ce que fait Charlotte ne vous concerne pas.

— Tu as fait d'elle notre préoccupation dès que tu t'es accidentellement accouplé à elle, répondit Lenore en levant le doigt en l'air, mais elle ne s'approcha pas.

Lawrence était un bouclier contre la colère de ses tantes.

— Et si ce n'était pas un accident ? Le but de l'accouplement n'est-il pas de trouver la bonne personne ?

— Si. Et pourtant, elle te déteste.

— Je ne le déteste pas, rétorqua Charlotte.

C'était vrai. Ses sentiments pour lui étaient plus compliqués que ça.

— Mais tu n'as pas envie d'être avec lui non plus, la réprimanda Lenore.

— Donne-leur une chance. Ça ne fait que quelques jours. Ils sont encore en train d'apprendre à se connaître, dit Lacey qui essayait d'être la voix de la raison. Ils ont besoin de passer du temps ensemble, ce qui me donne une merveilleuse idée. Je connais une super pâtisserie où l'on pourrait s'amuser.

— Cette pâtisserie fait-elle partie des prestataires dans ton classeur ? demanda Lawrence en plissant les yeux.

— Ne sois pas bête, Rirou, dit Lacey en battant des cils. Comme si j'allais avoir recours à une pâtisserie aussi éloignée de l'événement.

— Quel événement ? De quel classeur parle-t-il ? demanda Charlotte qui était complètement perdue.

— Oublie le classeur. Ce n'est pas important. Que dirais-tu d'aller voir l'appartement de ton frère après le petit-déjeuner ?

À peine venait-il de lui proposer que Lena secouait déjà la tête.

— Non ! dit-elle avec véhémence.

— Pourquoi ?

— Vous ne pouvez pas y aller tant que nous ne l'avons pas inspecté et que nous ne nous sommes pas assurées qu'il est clean.

— Comment ça, clean ? demanda Charlotte avec colère. Comment osez-vous insinuer que je suis sale !

Elle se crispa et Lawrence posa à nouveau la main sur son ventre, lui faisant prendre conscience qu'il était là. Elle leva les yeux vers lui et vit qu'il souriait en lui expliquant.

— Mes tantes ont peur qu'il y ait des micros et caméras de surveillance.

— Oh.

Effectivement, dit comme ça, c'était plus logique.

— Mais qui pourrait bien nous écouter ?

— Les ennemis de ton frère. Les nôtres. Il faut que nous fassions attention.

On frappa à la porte pour annoncer le service d'étage. Lawrence chassa ses tantes pendant que l'employé de l'hôtel posait le plateau sur la table. Ses tantes essayèrent de se diriger vers la nourriture, mais Lawrence leur barra la route.

— Sortez.

— On t'a dit que…

— Dehors, dit-il en croisant les bras. Je ne le répèterai pas.

— Très bien, si c'est comme ça, on s'en va. Pour l'instant, menaça Lenore.

Avant que Lena ne s'en aille, elle frappa doucement le torse de Lawrence.

— On te confie sa garde, mais si elle ouvre sa bouche et commence à le dire à tout le monde…

Elle fit mine de se couper la gorge avec le doigt.

— Moi aussi je t'aime, Tatie, chantonna Charlotte.

— Je rêve ou elle se moque de moi ? s'exclama Lena.

Elle revint sur ses pas, mais Lawrence s'interposa.

— Prenons tous notre petit-déjeuner. Je suis sûr que tout le monde se sentira mieux après avoir mangé.

Effectivement, le bacon améliora l'humeur de Charlotte, notamment lorsqu'elle les salua en tenant une tranche dans la main. Ce qui n'échappa pas à

Lacey qui l'évalua du regard et Charlotte aurait pu jurer l'entendre dire le mot : « voile ».

Quel drôle de trio. Assoiffé de sang aussi. C'est pourquoi, dès l'instant où la porte se referma et qu'ils se retrouvèrent seuls, elle demanda :

— Seraient-elles vraiment capables de me tuer ?

— Instantanément.

— Sérieux ? souffla-t-elle. Et tu les laisserais faire ?

— Il n'est pas question de ça. Mes tantes sont libres de faire et penser ce qu'elles veulent.

— Même si ça implique de me tuer ?

— Elles peuvent toujours essayer. Je n'ai pas dit qu'elles y arriveront.

Il s'assit dans un fauteuil, juste à côté d'elle, évitant de s'asseoir en face d'elle, pour pouvoir poser la main sur sa cuisse. Était-ce un signe d'affection ou de possessivité ? Un peu des deux sans doute, ce qui ne la dérangeait pas.

— Elles me détestent.

— C'est totalement compréhensible. Tu es quand même en couple avec leur neveu préféré.

— Ce qui veut dire que si je gâche notre relation, je suis foutue.

— Arrête de t'inquiéter.

— Dit le gars qui n'a pas été menacé.

— Écoute, si elles voulaient te tuer, tu serais déjà enterrée sous une tombe non identifiée quelque part.

— Ce n'est pas rassurant ça ! s'agaça-t-elle.

— Qu'est-ce que tu veux que je te dise ? Elles sont protectrices.

— C'est des psychopathes.

— Pas entièrement. Elles ont de l'empathie et se soucient des autres, mais elles peuvent aussi n'avoir aucun remords quand il est question de protéger ceux qu'elles aiment.

— Donc tu es d'accord avec leur comportement.

Comment pouvait-il approuver leurs actes et leurs mots ?

— Pas vraiment, mais en même temps, il est difficile de les arrêter une fois qu'elles ont une idée en tête.

— Que feras-tu si elles s'en prennent à moi ?

— Je ne les laisserai pas te tuer.

Il effleura sa lèvre inférieure avec son pouce.

— Ce n'est pas une réponse.

Il soupira.

— Parce que c'est compliqué. Elles sont ma seule famille. Elles m'ont élevé quand mes parents sont morts.

— Et elles n'ont toujours pas réalisé que tu étais désormais un grand garçon.

— Il ne s'agit pas que de moi. Ça concerne aussi le Clan.

— Le quoi ?

Elles avaient déjà parlé de ce clan un peu plus tôt, mais elle avait l'impression que ce n'était pas ce qu'elle pensait.

— J'appartiens au groupe du Clan. Mon roi est Arik.

— Tu as un roi lion ? ricana-t-elle. Avec un fils du nom de Simba ?

— En vérité, ils ont une fille qui s'appelle Lisa. Et ce n'est pas le sujet. Le Clan représente tout pour nous et notre règle numéro un, c'est de toujours le protéger.

— Je peux le comprendre, sauf que je ne suis pas une menace.

— Malheureusement, ce n'est pas totalement vrai. Dès que tu as appris pour mon espèce, tu es devenue une menace potentielle.

— Alors pourquoi me l'as-tu dit ? demanda-t-elle.

— Je n'avais pas le choix, parce que mes tantes te l'ont montré devant la cabane.

— Et pourquoi me l'ont-elles montré ? demanda-t-elle. Je veux dire, si vous pouvez sentir que je suis humaine, pourquoi ont-elles révélé leur secret ?

Il fronça les sourcils.

— Tu sais quoi ? C'est une bonne question. Parce qu'à ce moment-là, elles ne savaient pas que nous étions accouplés. Elles auraient dû être plus discrètes.

— Y a-t-il d'autres gens comme moi ?

Elle ne pouvait pas dire humains, car cela sous-entendrait qu'il ne l'était pas.

— Des gens qui savent, précisa-t-elle.

— Seuls peu de non métamorphes ont ce privilège. La raison la plus courante étant l'accouplement.

Elle posa la main sur son cou.

— La morsure est donc une admission automatique au club.

— Oui et non. D'habitude, l'accouplement ne se fait que lorsque les deux parties sont conscientes et consentantes.

— Sauf que dans mon cas, tu m'as mordue par accident, dit-elle en fronçant le nez. C'est un peu stupide de baser un mariage sur ça. Et si tu mords la mauvaise personne ?

— Je ne crois pas que ce soit possible de mordre la mauvaise personne.

— Ce qui veut dire que vous n'avez jamais de divorces.

— Pas quand c'est un vrai accouplement.

— Donc tous ceux qui se font mordre vivent heureux pour toujours ? Impossible. Je ne te crois pas.

Elle secoua la tête. Ça n'avait aucun sens. L'amour. Le respect. Toutes ces choses qui constituaient une bonne relation ne pouvaient pas être déterminées par de la salive sur une plaie ouverte. C'était complètement tordu.

— Tu peux choisir de ne pas y croire. Mais ça ne change pas les faits. Nous sommes en couple. Pour la vie. Ensemble pour toujours.

Elle prit un air renfrogné.

— Ce n'est pas drôle.

— J'ai l'air amusé ?

— Je n'ai pas envie d'être en couple avec toi ni avec personne. Je veux rentrer chez moi. Seule. Je te promets que je ne dirai rien à personne sur toi et tes tantes. Comme si on allait me croire de toute façon.

— Tu es vraiment sûre de vouloir partir ?

Elle ouvrit la bouche pour dire oui, sauf qu'il était terriblement mignon avec son air froissé qui sort du lit.

— Je ne suis pas prête à vivre avec toi à cause des règles bizarres de ta secte.

Ses lèvres tressautèrent.

— Ce n'est pas une secte.

— Je suis le genre de personne qui a besoin d'espace. Je ne peux pas être avec toi vingt-quatre heures sur vingt-quatre. Et je suis sûre que toi non plus. On finirait probablement par s'entretuer.

— Je suis d'accord. C'est pour ça que je vais ignorer mes tantes. Tu peux retourner à l'appartement de ton frère.

— C'est vrai, je peux ?

— Mais seulement si tu promets de dîner avec moi.

— Seulement dîner ?

Pour une fois, c'était elle qui le taquinait.

— Le dîner, le dessert, le snack, le petit-déjeuner le lendemain matin. Je veux tout, Cacahuète, mais je peux attendre. Si c'est le destin...

Il ne termina pas sa phrase. Il n'en avait pas besoin.

— *Que sera, sera*[1].

Une expression étrangère qui correspondait bien à l'instant.

— Donne-moi une seconde pour que je m'habille et que je te ramène chez toi.

Enfiler une chemise par-dessus ce torse délicieux ? C'était un crime. Peut-être devait-elle en prendre une pour la route.

Elle le chevaucha avec détermination et le sourire de Lawrence suffit presque à la faire jouir.

— Encore dix minutes, ça ne peut pas faire de mal.

— Seulement dix ? s'étonna-t-il en haussant les sourcils. Défi accepté.

Elle se retrouva rapidement sur le dos, avec le visage de Lawrence entre ses cuisses, sa bouche soufflant chaudement. Elle se tortilla et l'agrippa, avide de plus.

Et il le lui offrit. Il l'amena jusqu'au sommet et la tint pendant qu'elle avait un orgasme. C'était tout aussi bon que la dernière fois. C'était tellement bien à chaque fois, voire même mieux, qu'il n'y avait plus de gêne après. Il n'essaya pas de l'éviter.

Il lui faisait des sourires, lui tapotait les fesses, la touchait de temps en temps, l'attirant vers lui pour l'embrasser rapidement alors qu'ils retrouvaient les vêtements qui avaient été jetés un peu partout et s'habillaient.

À cause de lui, elle eut du mal à se rappeler pourquoi elle avait voulu s'en aller au départ. Pourquoi ne pouvait-elle croire au conte de fées ? Était-ce enfin son tour de vivre heureuse pour toujours ?

Cet espoir naissant disparu dès l'instant où ils entrèrent dans l'appartement de Peter que l'on avait retourné dans tous les sens et qu'ils virent le message écrit sur le mur.

DONNEZ OU IL MEEUR.

CHAPITRE QUINZE

En voyant toute cette destruction, Lawrence fut immédiatement en alerte. Danger. Ce dernier lui hurlait de faire quelque chose. Il faillit jeter Charlotte sur son épaule avant de partir en courant.

Il prit de grandes inspirations pour garder le contrôle.

Tu parles.

Le danger n'aurait pas pu être plus évident. Ce qu'il ressentait en tant qu'homme était amplifié chez sa bête.

Sa compagne était menacée. Ou du moins, c'était ce qu'il semblait. Le message sur le mur n'était pas très clair.

DONNEZ OU IL MEEUR.

— C'est à propos de Peter.

Elle souligna l'évidence, laissant Lawrence choisir la tournure que prendrait cette conversation.

S'il laissait son côté protecteur prendre le contrôle, il allait s'en remettre à son premier instinct et l'éloigner du danger, peu importe son avis sur la question. Il s'imaginait bien que ça tournerait mal. Il entendait déjà ses tantes lui hurler qu'une femme n'avait pas besoin d'un homme pour être sauvée.

Il décida de s'en tenir à :

— Ouaip.

— Je me demande ce que ça veut dire.

Elle se pencha en avant, la tête penchée sur le côté, comme si ça allait l'aider à déchiffrer le message derrière ces mots peints avec ce qui semblait être de la moutarde.

— Quand ils disent « donnez »... Tu as une idée de ce que ça peut être ? demanda-t-elle en fronçant le nez. C'est assez vague.

— Oui, mais nous avons quelques indices. C'est manifestement un objet physique, sinon ils n'auraient pas retourné l'appartement, dit-il en désignant les dégâts de la main.

Des coussins déchirés. Des tiroirs que l'on avait arrachés et jetés. Des placards saccagés.

— Et quel que soit ce qu'ils cherchent, ils ne l'ont pas trouvé, sinon pourquoi laisser un message ? dit-elle en se tapotant la lèvre inférieure. Ça doit être en lien avec le kidnapping.

— Peut-être. Ou bien plusieurs personnes cherchent la même chose. Ton frère a-t-il un autre endroit où il aurait pu cacher des choses, en dehors de cet appartement ? Un coffre de banque ? Un entrepôt ?

Elle secoua la tête.

— Pas que je sache, non.

— D'après mon expérience, la plupart des gens gardent leurs précieux trésors près d'eux au cas où ils soient obligés de fuir. Compartiment caché dans un meuble, plinthe non fixée.

— En tout cas, je n'en ai pas trouvés.

— Il faut que l'on regarde pour être sûrs.

— Tu veux qu'on examine chaque centimètre du sol, des murs et des meubles ? Ça va prendre une éternité.

— J'ai un don pour retrouver les choses cachées.

Il ferma et verrouilla la porte derrière eux.

— C'est un peu tard, non ? observa-t-elle avec amertume en donnant un coup de pied dans une pile de vêtements avant de reculer en sentant l'odeur de la pisse.

Une puanteur désagréable quand il était sous sa forme humaine. En revanche, en tant que félin, toutes les odeurs étaient fascinantes.

— Qu'est-ce que tu fais ? demanda-t-elle alors qu'il enlevait sa chemise.

— Je vais me transformer en ligre.

— À moitié lion, à moitié tigre, murmura-t-elle. Je ne savais même pas que c'était possible.

— Ce n'est pas très commun. La plupart des espèces préfèrent se reproduire avec la leur. Mais de temps en temps, quelqu'un qui ne devrait pas, tombe amoureux.

— Comme tes parents.

— Ouais.

Il n'arrivait pas à la regarder dans les yeux pendant qu'il se déshabillait et lui raconta son histoire de façon abrégée.

— Ils sont morts quand j'étais enfant. Accident de voiture. À cause d'un conducteur ivre qui avait déjà eu son permis suspendu deux fois auparavant.

— C'est tellement triste, dit-elle avec peine alors que ses yeux brillaient.

— Je ne m'en souviens pas beaucoup. Si je n'avais pas vu de photos, je n'aurais eu aucune idée de ce à quoi ils ressemblaient.

Il haussa les épaules, sentant sa gorge se serrer comme ça ne lui était pas arrivé depuis longtemps. Il ne parlait pas souvent de la mort de ses parents.

— Mes tantes m'ont accueilli après que la famille de ma mère ait refusé. À cause de cette histoire de mariage hybride, ils l'ont reniée.

— C'est horrible.

— Ils n'auraient pas pu faire mieux. Mes tantes se sont bien occupées de moi.

Et elles s'étaient aussi chargées du conducteur ivre.

— Elles t'aiment.

— Comment leur en vouloir ? Je suis adorable, dit-il avec un clin d'œil, essayant de retrouver un peu de son insolence pour détendre l'atmosphère.

Quelque chose chez Charlotte le poussait à se dévoiler d'une manière qui le rendait vulnérable.

— La seule personne que j'aie, c'est Peter. Et je suis

certaine que c'est la même chose pour lui. Maintenant qu'il n'est plus là, j'imagine qu'il ne reste plus que moi.

Ses épaules s'affaissèrent.

— On va retrouver ton frère.

— Je l'espère. Surtout pour que je puisse l'étrangler parce qu'il m'a inquiétée.

Elle se frotta les yeux.

— Et une fois que j'aurais fini de le secouer dans tous les sens, je l'envelopperai dans du papier bulle et l'enfermerai quelque part pour qu'il arrête de me stresser.

— Au moins, tu as envie de le protéger. Mes tantes adorent me mettre en danger pour pouvoir venir à mon secours, grimaça-t-il.

Elle eut un petit sourire.

— Pour ensuite te rabaisser.

— Tout le temps, putain, souffla-t-il. Si elles m'ont mis un mouchard, c'est pour me retrouver quand elles en ont envie.

— C'était plutôt pratique à la cabane.

— J'aurais préféré qu'elles me laissent tranquille. Avec toi, répondit-il avec un clin d'œil. Je ne sais pas toi, mais cet endroit est affreux. Que dirais-tu de retrouver ce que nous cherchons et de partir ?

— Je ne vois pas comment nous allons le trouver.

— Facile. Mon odorat plus développé me permettra de déceler une éventuelle cachette.

— Tu vas te transformer en chat géant dans l'appartement ?

— Essaie de me voir comme un Maine Coon légèrement plus gros.

— Tu es plus gros que moi.

— C'est vrai, mais n'essaie pas de me grimper dessus je ne suis pas un cheval.

— Tu pourrais probablement m'arracher la tête.

— Mais je ne le ferai pas. Si tu veux en être sûre, gratte-moi derrière les oreilles, c'est mon endroit préféré.

— Hum. OK ?

Il l'attira plus près et l'embrassa. Encore et encore, jusqu'à ce qu'elle rigole.

— Arrête. Très bien. Je te gratterai les oreilles.

— Et mon ventre ?

— Je ne vais pas faire l'amour avec un animal.

— Cacahuète ! C'est mal.

Il lui fit un clin d'œil et alors qu'elle gloussait, il se transforma. L'euphorie de la métamorphose frôlait la douleur, mais le résultat l'encouragea à l'accueillir. En tant que ligre, il était grand, fort, rapide et beau.

Il retomba sur ses quatre pattes et donna un petit coup de tête contre la main de sa compagne. Il lui fallut un moment avant que ses doigts timides ne caressent la fourrure sur le sommet de sa tête. Il valait mieux qu'elle s'habitue à ce côté-là de lui maintenant.

La bonne nouvelle, c'est qu'elle ne cria pas, mais elle sentait l'inquiétude vibrer en elle. Chaque chose en son temps. Tout ça était tout nouveau pour elle et il ne pouvait pas la bousculer. Il fallait qu'elle l'accepte à son rythme et selon ses conditions.

— Tu es doux.

Il hocha la tête.

— Et tu ne sens pas mauvais.

Il souffla.

— Tu es immense aussi. Tu es sûr que je ne peux pas monter sur toi ? demanda-t-elle avec humour.

Si elle devait le monter, c'était nue. Et ça n'aurait pas lieu dans cet endroit délabré. Il fallait qu'il découvre si quelque chose était encore caché et qu'il la sorte d'ici.

S'éloignant de Charlotte, il prit une grande inspiration. Inspirant et expirant par le nez ses narines se contractant tandis qu'il passait au crible les odeurs, la plus piquante étant l'urine.

La pisse se divisait en deux odeurs distinctes. Deux personnes étaient entrées dans l'appartement, touchant à peu près à tout. Elles avaient effectué un travail minutieux et n'avaient rien laissé intact.

Lawrence fit le tour du salon et de la cuisine et remarqua une petite fenêtre dans la première pièce. Il n'y avait pas d'issue facile, sauf la porte qui menait au couloir. Il se promena dans la chambre, elle aussi sauvagement retournée.

Les ressorts sortaient du matelas déchiré. Les oreillers et leur rembourrage en mousse jonchaient le sol. Tout ce qui était dans le placard avait été jeté par terre. Une étagère avait même été arrachée du mur. La chambre entière avait été saccagée et les odeurs étaient variées, avec celle, plus forte, de sa Cacahuète. Elle avait vécu ici pendant des mois et avait donc plus imprégné l'espace. L'autre odeur forte appartenait à l'un des intrus.

Il y avait une quatrième odeur très faible. Seulement ici. Seulement à un endroit.

Il leva les yeux vers le plafond et le ventilateur qui tournait paresseusement. Il posa la patte sur l'interrupteur et les pales ralentirent.

— Tu crois qu'il l'a caché dans le plafond ? demanda-t-elle en penchant la tête en arrière pour mieux observer.

Il monta sur le lit, de type capitaine qui reposait sur plusieurs tiroirs qui avaient été tirés et retournés. Le matelas s'inclina mais la tête de lit ne bougea pas d'un pouce, lui offrant une plateforme stable. Il allait en avoir besoin étant donné que le plafond dans cette chambre était à au moins trois mètres de haut. Comme il allait avoir besoin de ses mains pour la suite, il se transforma juste au moment où Charlotte s'approchait, se retrouvant nez à nez avec son sexe.

Il se raidit. Littéralement.

Elle haleta. Chaudement. Elle y jeta un coup d'œil furtif en baissant rapidement les yeux. Elle eut un sourire en coin.

— Ce n'est pas vraiment le moment, non ?

— Je ne peux pas m'en empêcher quand je suis près de toi.

C'était la stricte vérité.

— Idem.

Ce n'était pas ce qu'il y avait de plus sexy ou romantique et pourtant, il banda un peu plus.

— Ce n'est toujours pas le bon moment ni le bon endroit, le réprimanda-t-elle.

— Si tu t'écartais, ce serait plus facile à contrôler.

Auparavant, ça n'avait jamais été quelque chose qui lui posait problème. Encore une particularité chez Charlotte.

— Mais ce ne serait pas aussi drôle.

Elle souffla chaudement sur lui et il pencha la tête en arrière pour résister à la tentation de se jeter sur elle.

— Tu me tues, là, ma Cacahuète.

— Reprends-toi, Rirou.

Il gémit. Le surnom lui rappela ses tantes et eut l'effet d'une douche froide.

— Comment tout gâcher.

Il tendit la main vers les pales du ventilateur et arrêta leur progression lente. Deux petites vis maintenaient le boîtier en place. L'odeur appartenait à quelqu'un qu'il n'avait jamais rencontré, et pourtant, il y avait quelque chose de familier. C'était certainement le frère de sa Cacahuète.

Il regarda autour de lui pour trouver de quoi enlever les vis. Même un couteau à beurre aurait fait l'affaire. Puis, il réalisa qu'il n'avait pas le temps d'être délicat.

Saisissant les pales, il les arracha d'abord, puis réussit à agripper la coque métallique qui entourait le ventilateur au plafond. Il tira plusieurs fois et libéra les vis alors que les trous métalliques se tordaient.

Dès l'instant où tout se détachait, une petite pochette tomba.

Charlotte l'attrapa et versa le contenu dans sa main.

Elle fronça les sourcils.

— C'est une clé.

Le problème, c'est qu'ils n'avaient pas de serrure.

CHAPITRE SEIZE

Qu'est-ce que cette clé pouvait bien ouvrir ? Cette question la tourmentait pendant que Lawrence se rhabillait. Elle la retourna encore et encore alors qu'ils quittaient l'appartement. Elle n'en avait aucune idée, cependant, elle était prête à parier que ceux qui avaient laissé le message le savaient. Avait-elle ce qu'ils recherchaient ?

Si c'était le cas, il ne lui restait qu'une chose à faire.

Alors qu'ils empruntaient les escaliers, elle dit :

— Je vais leur donner la clé en échange de Peter.

Pourquoi pas ? Ce n'était pas comme si elle se souciait de ce que celle-ci ouvrait.

Elle s'attendait à ce que Lawrence ne soit pas d'accord avec elle. Qu'il lui dise que c'était trop dangereux. Elle dirait qu'elle n'avait pas le choix, suite à quoi, il lui proposerait de prendre sa place. Elle protesterait faiblement et finirait par accepter.

Sauf qu'il ne se comporta pas comme prévu. Au

lieu de se la jouer mâle sexy et surprotecteur, il voulut qu'elle aille au bout de son plan.

— Excellente idée.

— Tu crois ?

Elle commença à trouver des contre-arguments alors qu'ils descendaient les trois volées d'escaliers jusqu'au rez-de-chaussée.

— Comment puis-je procéder à un échange si je ne sais pas où les trouver ?

— Il faudra qu'on attende qu'ils agissent à nouveau, remarqua Lawrence.

— Et si je n'ai pas envie d'attendre ? grommela-t-elle.

— Ne t'inquiète pas, Cacahuète. Je doute que ça soit très long.

Il ouvrit la porte qui donnait sur la rue.

Ce ne fut que lorsque deux hommes portant des vestes en cuir et des lunettes de soleil sortirent de la ruelle près de l'appartement, qu'elle comprit.

— C'est une embuscade, dit-elle en lui jetant un regard noir. Tu le savais.

— Pas vraiment. J'ai simplement reconnu l'odeur dans la ruelle comme étant la même qu'en haut. Suis-moi et reste près, ordonna-t-il.

Elle aurait pu contester s'il n'y avait pas eu ces armes.

— Arrêtez-vous ! lança l'un des types armés.

— Vous avoir trouvé ? demanda l'autre avec un fort accent.

Lawrence croisa les bras.

— Avant d'entamer cette négociation, où est son frère ?

— Donne, dit le type en tendant la main d'un air impatient.

Comme s'ils allaient leur remettre leur seul moyen de pression.

Elle leur jeta un coup d'œil en se cachant derrière Lawrence.

— Si vous la voulez, alors vous amenez Peter.

L'homme qui leur sourit avait les dents écartées, assez pour faire passer de la nourriture entre.

— Prendre.

Il agita son arme pour accompagner sa demande.

— Je ne crois pas, non.

Lawrence agit rapidement. Ses mains partirent dans tous les sens, mais avec un seul but, attraper les voyous et les cogner l'un contre l'autre. Ils gémirent et se prirent la tête entre les mains. Lawrence fouilla les poches du plus petit et jeta une paire de clés en direction de Charlotte.

— Trouve leur voiture.

— Pourquoi ? Tu vas la voler ? demanda-t-elle en attrapant les clés et en faisant clignoter les phares d'un véhicule.

— L'emprunter.

— Je la démarre ?

— Oui, mais d'abord, essaie de voir si tu peux ouvrir le coffre.

Elle jeta un coup d'œil vers la petite télécommande accrochée au trousseau de clés et appuya sur l'icône.

Un instant plus tard, les assaillants se retrouvèrent dans le coffre, tapant et cognant.

— Ils ne peuvent pas se servir d'un levier pour sortir ? demanda-t-elle.

Car elle avait déjà vu une vidéo de sécurité à ce sujet à l'université.

— Je l'ai plié.
— Oh.

Elle jeta un coup d'œil vers le coffre.

— Et maintenant ? Avons-nous vraiment besoin d'eux pour nous mener à Peter ?

— J'en doute. Le véhicule a un GPS.

— Et tu crois qu'ils ont enregistré l'adresse de leur repaire dessus ? ricana-t-elle. Ils ne peuvent pas être aussi stupides.

Elle glissa sur le siège passager.

Il manipula le GPS jusqu'à ce qu'il passe du russe à l'anglais. Il changea les boutons du menu pour que cela devienne lisible.

— On va voir ça.

En faisant défiler les adresses récentes, il en tapa quelques-unes sur son téléphone et en élimina certaines d'emblée.

— Restaurant. Commerce. Encore un commerce. Un immeuble d'habitation. Je doute qu'ils retiennent un otage là-bas. Ça, en revanche...

Il tapota une adresse.

— C'est une maison en dehors de la ville. Allons vérifier.

Alors qu'ils roulaient, elle était de plus en plus nerveuse.

— On devrait peut-être appeler la police.

— C'est une mauvaise idée. S'ils débarquent et font n'importe quoi, ton frère pourrait être blessé par les tirs.

Elle se mordilla la lèvre inférieure.

— Tu crois que si on se pointe avec la clé, ils vont vraiment l'échanger contre Peter ?

— Oui.

Elle soupira de soulagement.

— Et une fois qu'ils l'auront, ils vous tueront probablement tous les deux.

— Quoi ?!

Il rigola d'un air moqueur.

— Tu ne penses quand même pas qu'ils vont te laisser partir alors que tu sais des choses.

— Qu'en est-il de l'honneur entre voleurs ? grogna-t-elle.

— Ça n'existe pas autant que tu le crois. Ne t'inquiète pas, Cacahuète. J'ai un plan.

— Où l'on ne meurt pas ?

Parce qu'elle regrettait vraiment, vraiment, de ne pas avoir réfléchi plus longtemps et plus sérieusement à tout ça.

— Tu as oublié ce que je suis ?

— Non, mais en quoi être un félin géant est-il utile ? Tu comptes les éblouir en attrapant une souris ? Créer un petit nid de chat avec de la laine ?

— Tu es sur le point de le découvrir, ma Cacahuète.

Le GPS les emmena vers un quartier qui n'était qu'un fouillis tentaculaire de multiples rues autour de diverses propriétés. À environ cinq kilomètres de leur destination, il arrêta la voiture.

— Qu'est-ce que tu fais ?

— À ton tour de conduire.

— Moi ?

Pour cela, il fallait qu'elle enlève ses mains anxieuses de ses genoux.

— Oui, toi. Il faut que tu conduises le reste du trajet.

— Et toi ? Qu'est-ce que tu vas faire ?

— Je ne serai pas loin.

— Attends, tu ne seras pas avec moi ?

— Le plan ne fonctionnera pas si je suis dans la voiture. Pendant que tu les distrairas, je me faufilerai à l'intérieur pour t'aider.

L'inquiétude la fit presque siffler en respirant.

— Ce n'est peut-être pas une si bonne idée.

Il souleva son menton.

— Si tu n'as pas envie de le faire, tu peux rester dans la voiture et j'irai seul.

Il lui offrait une porte de sortie, une sécurité. Elle avait envie de la saisir, mais comment pouvait-elle lui demander de prendre tous les risques ?

Prenant une grande inspiration, elle refusa.

— Non, je peux t'aider.

Même si c'était juste pour les distraire avec sa peur et son ineptie.

— Tu es sûre ? demanda-t-il doucement, lui caressant la bouche du pouce.

— Peter est sous ma responsabilité. Pas la tienne.

Il déposa un baiser sur ses lèvres.

— Ma belle Cacahuète courageuse. On se voit à l'intérieur.

Elle aurait aimé avoir son assurance. Alors qu'il sortait de la voiture, elle se glissa derrière le volant et dut ajuster le siège. Le temps qu'elle voie enfin par-dessus le volant, il y avait un ligre devant sa fenêtre. Il frotta son museau contre la vitre et lui fit un clin d'œil avant de s'éloigner dans la nuit. Dans le genre géant, il était plutôt mignon.

Alors qu'elle mettait la voiture en marche, son esprit partit dans tous les sens, se demandant si Lawrence devait se faire vacciner tous les ans comme un animal de compagnie ordinaire. Avait-il besoin de protections contre les puces et les tiques ? Que mangeait-il ? Et pour la salle de bain ? Est-ce qu'il avait une litière chez lui ? Le saurait-elle un jour ?

D'abord, ils devaient survivre à l'échange qui allait suivre.

Ses jointures étaient blanches à force de serrer le volant alors qu'elle s'approchait du portail. Quelque chose au niveau de son rétroviseur clignota et émit une lumière rouge qui ouvrit le portail et elle avança la voiture.

Eh bien, c'était plus facile que prévu. Elle suivit

une longue allée qui débouchait sur une maison. Un château même. Quoiqu'il en soit, ça prenait de la place.

Elle se gara près d'un escalier. Quand elle atteignit l'immense porte, elle frappa en se tenant devant, faisant de son mieux pour ne pas trembler.

Elle faillit s'évanouir lorsque les portes s'ouvrirent et qu'elle se retrouva nez à nez avec deux gardes armés. Le plus petit avec une grosse moustache lui aboya dessus en russe.

Au lieu de répondre, elle leva les mains en l'air. Mais ils gardèrent leurs armes pointées sur elle.

Ils hurlèrent à nouveau quelque chose qu'elle ne comprit pas, puis quelqu'un tapa soudain dans ses mains.

Les gardes se turent et dans ce silence soudain, elle entendit la voix d'une femme.

— C'est notre jour de chance. Je croyais qu'on t'avait perdue à la ferme. Mais te voilà. La sœur de Peter. On te cherchait.

En entendant le prénom de son frère, son cœur rata un bond.

— Je ne sais pas pourquoi vous vouliez me retrouver. Je n'ai rien d'intéressant.

Une dame, plus âgée, entra alors dans son champ de vision. De taille moyenne, environ un mètre soixante-dix, ses traits étaient marqués et pourtant beaux. Ses cheveux coupés au carré étaient très chics, tout comme sa veste en fourrure blanche par-dessus sa chemise couleur crème rentrée dans son pantalon de la même teinte. Ses lèvres rouges ressortaient en contraste.

— Ton frère a quelque chose que je veux.

— Alors, demandez-le-lui.

— Nous avons essayé, mais il a disparu et nous avons du mal à le localiser.

— Attendez, ce n'est pas vous qui le détenez ? s'étonna-t-elle en écarquillant les yeux. Mais le message sur le mur...

— Était un appât pour t'amener jusqu'à nous. Voyons si ton frère continue de se cacher quand la vie de sa sœur tient à un fil.

— Sauf que je ne sais vraiment pas où il est.

— Espérons qu'il garde un œil sur toi alors, sinon tout ça sera très douloureux pour rien.

La menace lui glaça le sang.

— Si vous me laissez partir, je peux vous dire où se trouve la clé.

Elle espéra qu'ils n'avaient pas réalisé qu'elle l'avait dans sa poche.

— Pff. À quoi sert une clé sans la serrure qui lui appartient ? À moins qu'elle ne soit accompagnée d'une carte ?

Elle aurait pu mentir. Au lieu de ça, elle secoua la tête.

— Je n'en sais rien.

— C'est pourquoi nous avons besoin de ton frère.

Ses lèvres rouges et parfaites s'étirèrent en un sourire.

— Pour la première vidéo qu'on enregistrera, on ne touchera pas à ton visage. Comme ça, quand nous le marquerons de bleus pour la seconde, ce sera bien plus efficace.

Elle frissonna. Puis se réchauffa rapidement lorsqu'elle entendit un rugissement.

Celui-ci détourna l'attention de la dame. Elle fronça les sourcils et fit signe aux gardes.

— Allez voir de quoi il s'agit.

Ils s'en allèrent et laissèrent Charlotte seule avec la femme. La Dame de la Mafia avait quelques centimètres et kilos de plus qu'elle, mais Charlotte, elle, avait du cran.

Elle se jeta sur la dame et elles heurtèrent le mur. La surprise fut de courte durée.

— Espèce de...

Plusieurs insultes russes suivirent et elle planta ses doigts dans le cou de Charlotte qui lutta pour se libérer.

Elle parvint à lui donner un faible coup de pied. La dame poussa un cri quand son pied heurta son tibia sensible. Pendant que la Dame de la Mafia sautillait, Charlotte regarda autour d'elle et vit un vase. Probablement vieux et d'une valeur inestimable, mais sa vie valait bien plus que de la poterie.

Elle l'écrasa sur la tête de son adversaire. La Dame de la Mafia s'évanouit et Charlotte fixa sa silhouette du regard.

Oh merde. L'avait-elle tuée ?

— Cacahuète !

Elle entendit la voix de Lawrence quelques

secondes avant que son corps nu ne se jette sur le sien et qu'il ne la prenne dans ses bras.

— Je l'ai frappé fort quand même.

Ce fut tout ce qu'elle parvint à dire.

Il lut dans ses pensées et chercha ensuite à la rassurer.

— Elle n'est pas morte.

La tension en elle s'atténua.

— Ah, tant mieux, dit-elle en s'appuyant contre lui. Et tout ça n'a servi à rien. Elle ne sait pas où est Peter. C'était un complot pour m'utiliser comme appât.

— Un appât pour quoi ?

Lada apparut soudain. Sa présence était surprenante. Pour Charlotte en tout cas.

Lawrence agit comme s'il s'y attendait.

— Lada, quelle surprise. Alors comme ça tu espionnes les gens maintenant ?

— T'aimerais bien, hein. Je suis venu voir mon associé, expliqua-t-elle en baissant les yeux vers la femme par terre.

— Tu la connais ? Que cherche-t-elle ? Pourquoi en a-t-elle après mon frère ? demanda Charlotte qui ne put s'empêcher de poser toutes ces questions.

— Ton frère ? dit Lada, bouche bée. C'est lui qu'on cherchait ?

— Pourquoi ? demanda Lawrence.

— T'aimerais bien le savoir, se moqua Lada.

— Tu finiras par me le dire.

Il s'avança vers elle d'un air menaçant avant que Lada ne secoue la tête et ne sorte une arme.

— Tu aurais vraiment dû mieux choisir Law. Ça me fera plus de mal à moi qu'à toi.

— Tu ne me tueras pas.

Il paraissait si sûr de lui.

— J'ai besoin d'elle, pas de toi.

Lawrence ne battit pas en retraite.

— Tu veux vraiment déclarer la guerre à mon Clan ?

— Ils ne sauront jamais qui t'a tué, car ils ne retrouveront pas ton corps.

— Ah oui ? dit une voix familière.

Lawrence soupira.

— Sérieux, Tante Lena ? Je t'avais dit que je gérais.

— La sécurité du clan nous concerne tous.

Lena lui jeta à peine un regard en s'avançant vers Lada.

— Lada Medvedev, ta menace envers ce qui appartient au Roi Arik a été dûment notée.

— Je peux tout expliquer, dit Lada désormais en panique.

— Expliquer quoi ? Que tu es une truie infidèle, comme ta mère ?

Lada passa de l'excuse à la moquerie.

— Quelle surprise, le grand ligre a besoin que ses tantes viennent à sa rescousse.

— Pas seulement ses tantes, mais aussi à sa cousine éloignée.

La voix appartenait à une inconnue, une femme magnifique au sourire malicieux, accompagnée d'un bel homme en costume noir.

— Dean. Natasha, les salua Lawrence.

Il jeta un coup d'œil à Charlotte.

— Tu te souviens probablement d'eux, ce sont eux qui se mariaient le soir où nous nous sommes rencontrés.

— Alors c'est elle, dit Natasha en la regardant de haut en bas. Elle est plus petite que ce à quoi je m'attendais.

Charlotte se crispa.

— Les petits sont puissants.

— Effectivement.

Ses lèvres s'étirèrent en un sourire mais elle eut l'air tout sauf amusée lorsqu'elle tourna la tête vers Lada.

— Vilaine ourse. Tu joues encore à ces petits jeux. Attends que mon père l'apprenne.

— Les Medvedev n'ont aucun conflit avec la famille Tigranov, dit Lada d'un air nerveux.

— Ce n'est pas entièrement vrai pourtant.

Natasha, bien coiffée et parfaite, tourna autour de Lada, parvenant à la menacer d'une façon qui restait élégante alors qu'elle murmurait :

— Tu t'en prends à Lawrence, qui est comme un frère pour mon mari. Nous sommes également quasi certains que son père était de la famille de mon grand-oncle. Ce qui fait d'elle – elle pointa Charlotte de son doigt manucuré – ma belle-sœur. En les menaçant, tu as déclaré la guerre.

— Mon frère n'est pas au courant de tout ça, souffla Lada.

— Alors tu ferais mieux de rentrer chez toi en courant pour le lui dire, petite ourse. Dit à la meute Medvedev qu'il n'y a pas un seul endroit où les ours hibernent et se dandinent que nous ne trouverons pas. Il n'y a pas un seul pot de miel que nous ne prendrons pas. Pas une seule tanière que nous n'écraserons pas. Dorénavant, nous cracherons le nom de Medvedev.

— Vous ne pouvez pas faire ça ! s'exclama Lada, l'air un peu paniqué. Je cherchais juste le trésor. Je ne savais pas qu'elle était mariée à Lawrence. Et elle est humaine. Une humaine ne vaut pas la peine de faire la guerre.

Plutôt que de lui répondre, Natasha dit :

— Je vais compter jusqu'à dix. Neuf. Huit.

À six, Lada était déjà partie par la porte. À quatre, Natasha sourit.

— Eh ben, c'était plus facile que prévu.

Lawrence ricana.

— Je croyais que vous vouliez adoucir l'image de mafia de la famille Tigranov ?

— Ma femme trouve que sa réputation est assez pratique pour faire avancer les choses plus rapidement que les canaux habituels le permettent.

Dean s'approcha plus près et observa le corps au sol.

— Encore une humaine. Comme tous les gardes de la propriété. Que se passe-t-il ? Tes tantes ne nous ont pas dit grand-chose au téléphone, elles nous ont seulement donné des coordonnées GPS.

— J'aurais dû me douter qu'elles vous appelleraient. Je leur ai pourtant dit que je n'avais pas besoin d'aide, grommela Lawrence.

— Arrête de pleurnicher, dit Lena en lui faisant un doigt d'honneur. On a passé la maison au crible. Aucun signe d'autres humains.

— Parce qu'ils n'ont jamais détenu mon frère ! s'exclama Charlotte. C'était un complot. Ils voulaient se servir de moi pour l'attirer.

— Et pourquoi ont-ils besoin de lui ? demanda Natasha.

C'était une question à laquelle ils n'avaient pas encore de réponse. Tandis que Lawrence présentait plus correctement Charlotte à Dean, son meilleur ami, et sa femme, les tantes s'occupèrent de la dame inconsciente, apparemment connue sous le nom de Dame Rouge. Comme elle était évanouie, ils l'enfermèrent dans une cellule au sous-sol avec les gardes. Ils prévoyaient de l'interroger quand elle se réveillerait. Si elle se réveillait un jour.

Charlotte l'avait vraiment frappée fort.

C'était assez étonnant à quel point Lawrence et les autres semblaient être à l'aise. Ils étaient allés échanger une clé contre son frère, s'étaient fait attaquer, et buvaient désormais du vin en se prélassant dans la pièce la plus somptueuse qui soit avec des rideaux de velours rouge et des meubles ornés d'or – des pompons, des feuilles, et même des bibelots en or brillant.

Elle ne prêta pas attention à leur conversation. Ils se passaient la clé comme si un hologramme allait soudain jaillir de celle-ci en leur donnant toutes les réponses.

Mais, comme tout le reste depuis son arrivée en Russie, ce fut une autre impasse. Elle ne savait toujours pas où était son frère.

Lawrence la prit soudain dans ses bras.

— Il est l'heure d'aller se coucher.

— OK.

Elle ne discuta même pas et posa la tête sur son épaule.

— Réveille-moi quand on sera à l'hôtel.

— On s'en fout de l'hôtel. On reste ici, dit-il en grimpant les escaliers jusqu'au deuxième étage.

— Tu es sûr que c'est une bonne idée ? murmura-t-elle. Et si d'autres sales types débarquaient ?

— Alors je les mangerai.

Elle écarquilla les yeux.

Il sourit.

— Je rigole. La seule personne que je compte manger, c'est toi.

Et il le fit, assez minutieusement.

CHAPITRE DIX-SEPT

Faire l'amour avec Charlotte cette nuit-là puis à nouveau le lendemain ne fit que retarder la situation.

Elle finit par lui demander :

— Quand partons-nous ?

Cela ne servait à rien de rester. Durant la nuit, les gens qu'ils avaient capturés avaient réussi à s'enfuir. Apparemment, pendant qu'ils dormaient, Lada les avait sauvés, ce qui voulait dire qu'ils n'obtiendraient pas de réponses et que ses tantes avaient une excuse pour déclarer la guerre à la famille Medvedev.

Et avec leur évasion, il n'y aurait pas de Peter.

Et sa compagne refusait toujours de se mettre en couple avec lui. La seule bonne nouvelle, c'est qu'elle déclara en avoir assez de la Russie.

— Si Peter se cache, alors il n'aura qu'à me retrouver quand il sera prêt, dit-elle d'un ton acerbe.

— Et s'il a besoin de ton aide ?

Elle haussa les épaules et il savait que ça lui faisait du mal de le dire, mais elle l'admit quand même.

— Je crois qu'il est assez évident que je n'ai pas les compétences nécessaires pour faire quoi que ce soit.

— Alors on engagera quelqu'un qui peut nous aider.

— Je ne peux pas me le permettre.

— Moi si.

Elle le regarda.

— Tu sais que je ne peux pas l'accepter.

— Tu es ma...

— Compagne. Ouais, soupira-t-elle. Je veux rentrer à la maison.

— On peut partir ce soir.

Elle cligna des yeux.

— Même si je te laisse m'acheter un billet, je n'ai pas de passeport.

Elle avait vu ce qu'il en restait quand ils avaient fouillé l'appartement saccagé.

— Ce n'est pas un problème.

Il ferait jouer ses contacts avec le Clan et la ramènerait aux États-Unis.

— Et quand on sera de retour ? Que se passera-t-il ?

— J'espère que tu me laisseras une chance de te prouver que je peux être quelqu'un sur qui tu peux compter. Je veux apprendre à te connaître, Charlotte. Je pense qu'on pourrait être bien ensemble.

Si cette réplique avait été celle d'un film, l'héroïne lui aurait déclaré son amour et ils se seraient embrassés en vivant heureux pour toujours. Mais là, il s'agissait de Charlotte.

— J'ai besoin d'y réfléchir.

Il n'osa pas lui demander combien de temps il lui faudrait pour se décider. Il prit quelques dispositions et les fit monter à bord du jet du Clan avec celles qui étaient venues faire la fête pour le mariage. Des cousines. Des tantes. D'autres tantes.

Et elles regardaient toutes sa Cacahuète.

Puis lui.

Puis sa Cacahuète.

C'est Mary-Ellen qui finit par le dire :

— Je parie ma barre de chocolat qu'ils vont se séparer avant même d'arriver à La Guardia.

Et les paris commencèrent. Pendant tout ce temps, Cacahuète ne dit rien, mais elle lui tint la main et à un moment donné, elle lui chuchota de façon coquine :

— Tu penses qu'elles finiront par s'endormir pour qu'on puisse s'envoyer en l'air ?

— Non.

Et il ne lui dit pas qu'elles avaient toutes entendu sa remarque. L'intimité n'existait pas au sein du clan, mais celles qui cassaient leur coup, si. Elles s'assurèrent d'occuper les toilettes durant tout le vol et la seule fois où il put se rapprocher de Charlotte ce fut lorsqu'elle s'endormit sur ses genoux en bavant.

Ils finirent par arriver de l'autre côté de l'océan, laissèrent la famille derrière eux et arrivèrent chez lui.

— Je m'attendais à ce que tu vives dans une tour

ultra moderne, avoua-t-elle, en entrant dans la maison victorienne restaurée.

— Non, ça, c'est plutôt mon appartement en ville.

Sa garçonnière, dont il n'aurait d'ailleurs plus besoin.

— Là, c'est ma maison de campagne.

Et dans laquelle il espérait vivre pour toujours. Il avait passé la dernière décennie à la restaurer pour lui redonner sa gloire d'antan.

Elle passa la main sur la balustrade en bois qu'il avait décapée, poncée et repeinte lui-même.

— C'est magnifique.

— Est-ce que ça t'aiderait si je te disais que tu étais la première femme, à part mes tantes, que j'amène ici ?

— Combien de temps encore avant que tu ne me demandes de faire mes valises ?

Elle plaqua la main sur sa bouche, comme si elle n'avait pas voulu dire ça.

— N'aie pas l'air si horrifiée. C'est une question tout à fait pertinente. Il y a une semaine, avant que je ne te rencontre, j'aurais pu penser que c'était déjà fini entre nous. Mais..., dit-il en haussant les épaules. Est-ce mal d'admettre que je suis tout aussi surpris que toi de réaliser que quand je me réveille chaque matin, la première chose à laquelle je pense, la seule personne que j'ai envie de voir, c'est toi ?

Ça paraissait très ringard venant de lui. Effectivement. Mais c'était quand même super émasculant.

Sauf que ça en valait vraiment la peine, car cela la fit sourire.

— Moi aussi j'aime bien me réveiller à tes côtés, mais il faut que nous soyons réalistes. On se connaît à peine. Qu'est-ce qui se passera dans quelques jours ou semaines quand tu en auras marre de moi ?

— Ne devrais-tu pas plutôt te demander ce qui se passera si ce n'est pas le cas ? demanda-t-il en haussant les sourcils.

— Lawrence, soit sérieux.

Il soupira et mit les mains dans ses poches.

— Je comprends ton inquiétude. Ce n'est pas comme si ma famille avait été discrète sur ma réputation et je l'ai mérité. Je ne vais pas te mentir. J'aimerais que tu me croies quand je te dis que tout ça, c'est fini mais cela prendra du temps pour que je te le prouve. En attendant, pour apaiser tes inquiétudes, j'aimerais que tu saches que j'ai déjà pris contact avec mon avocat. Je pense que nous recevrons le nouvel acte de propriété qui te désigne comme propriétaire d'ici demain. De plus, un compte a été ouvert à ton nom sur lequel j'ai effectué un virement d'un million de dollars. Tu es la seule qui y aura accès.

Elle resta bouche bée.

— Pourquoi as-tu fait ça ?

— Parce que, comme l'ont souligné quelques-unes de mes cousines, je suis actuellement en position de pouvoir et toi tu n'as rien. Ni maison ni économies. Pour que tu aies l'impression d'avoir vraiment le choix et ton mot à dire, il faut que tu sois dans une position qui te permette de partir si besoin.

— Je n'ai pas besoin de ton argent ou de ta maison pour te dire non.

— Je sais, mais je te les donne quand même. Ce qui veut dire qu'en tant que propriétaire, tu peux me virer d'une minute à l'autre si tu en as envie.

— Tu ferais ça pour moi ?

— On ira aussi vite ou aussi doucement que tu le souhaites.

C'était sa Tante Lacey qui lui avait donné ce conseil. *Tu ne peux pas la forcer, Rirou. Il faut qu'elle réalise qu'elle t'aime, selon ses propres conditions.*

De l'amour ? Était-ce pour cela qu'il se sentait si torturé ?

— Et si j'avais envie que tu restes ?

Son invitation timide lui réchauffa immédiatement le cœur.

— Ai-je précisé que la chambre principale avait un lit California King ?

— Et ce mur ? Il n'est pas assez bien ?

Elle l'attrapa par la chemise et le poussa en même temps qu'elle se hissait sur la pointe des pieds pour l'embrasser.

Il s'écrasa contre le plâtre, mais il n'avait jamais été aussi heureux. Ses mains parcoururent son corps et ce geste familier était excitant, car il savait exactement où la caresser pour la faire gémir. Il savait comment la prendre pour qu'elle s'agrippe fermement à lui.

Sa bouche était chaude contre lui et elle était déjà à bout de souffle. Elle enroula la jambe autour de sa taille comme un étau et son entre-jambes n'était qu'un paradis chaud et humide.

Elle ne le laissa pas partir cette nuit-là. Ni la suivante. Ni celle d'après.

En fait, ils n'évoquèrent même pas une éventuelle séparation. Ce qui les conduisit à cet incident avec le fameux classeur.

CHAPITRE DIX-HUIT

Ce ne fut que deux semaines après leur arrivée aux États-Unis que le classeur atterrit avec un bruit sourd sur la table de la cuisine, faisant trembler sa tasse de café. Charlotte leva les yeux vers Lacey, les cheveux attachés en un chignon, l'air déterminé.

— Comment es-tu entrée ?

Elle était certaine d'avoir activé l'alarme avant d'aller au lit. Un lit dans lequel Lawrence était encore vautré alors qu'elle devait s'occuper d'une de ses tantes tarées. Elles avaient tendance à débarquer sans prévenir et à ne pas repartir facilement.

— Je suis entrée par la porte évidemment.

— Elle était verrouillée.

Lawrence avait insisté sur ce point. Même si les attaques avaient cessé depuis qu'ils avaient trouvé la clé et quitté la Russie, mais il craignait que le danger ne soit pas écarté.

— Ah bon ? dit Lacey en feignant l'innocence.

Charlotte prit une gorgée de son café.

— Je comprends mieux pourquoi les gens mettent des petites clochettes au cou de leurs chats.

— Et dire qu'on raconte que c'est nous qui sortons les griffes.

Charlotte se renfrogna.

— Je ne serais peut-être pas autant sur la défensive si je n'avais pas l'impression de devoir toujours surveiller mes arrières.

— On ne te ferait pas de mal.

— Lena m'a montré un rosier dans le jardin et m'a dit que si je faisais du mal à Lawrence, elle m'enterrerait en dessous.

— Elle ne faisait que tester ta force de caractère ma chérie. Tu ne pensais quand même pas qu'on allait laisser Lawrence tomber amoureux de n'importe qui, non ?

— Je ne chercherais jamais à lui faire de mal.

— Exactement. C'est pour ça que nous devons discuter, annonça Lacey en tirant une chaise vers la table et en poussant le gros classeur plus près.

— C'est quoi ça ?

Charlotte s'en doutait un peu vu les cœurs et les fleurs sur la couverture. Au centre, se trouvait une photo de Lawrence bébé avec des joues potelées et, tiens donc, dans un plus petit cercle, une photo de Charlotte qui louchait.

— Je te présente *le* classeur, dit Lacey en rayonnant avant de taper dans ses mains. On commence ?

— Commencer quoi ? demanda Lawrence en

entrant dans la pièce, torse nu et ne portant qu'un pantalon de jogging.

Il préférait être nu, mais comme elle rougissait encore quand il se baladait à poil, il avait fait le compromis de mettre un bas. Elle ne se lasserait jamais d'observer ce V qui partait de sa taille.

— Bonjour, ma Cacahuète, gronda-t-il en se versant une tasse de café.

— B'jour.

Elle leva le visage vers lui pour qu'il dépose un baiser sur ses lèvres avant qu'il ne s'assoie en face d'elle.

Cela faisait deux semaines qu'ils vivaient ensemble et ils avaient déjà pris quelques habitudes.

La première étant qu'il dormait chez elle tous les soirs. Il avait proposé de partir le premier jour et de lui laisser un peu d'espace.

Elle l'avait traîné jusqu'au lit à la place. Il n'y avait rien qu'elle aimait plus que de se réveiller sur lui.

Puis ils faisaient rapidement l'amour dans la douche et prenaient le petit-déjeuner avant qu'ils ne la déposent devant son nouveau travail. Il l'avait aidée à en trouver un dans une agence de marketing qui était sur le chemin pour aller à son bureau. Cependant, comme il l'avait avertie, même s'il pouvait actuellement l'amener, s'il devait partir en déplacement pour le travail, elle devrait soit prendre les transports, soit conduire. Il lui avait proposé de lui prêter sa sublime voiture de sport rouge, mais elle convoitait plutôt la Jeep.

— Qu'est-ce que cette chose fait ici ? demanda Lawrence en désignant le classeur.

— Ben, il est grand temps que l'on organise le mariage, dit Lacey, l'air de dire « *T'es bête ou quoi ?* ».

Charlotte s'étouffa avec son café.

— Quel mariage ?

Lawrence lui massa immédiatement le dos et s'adressa à sa tante d'un air sévère.

— Je ne crois pas que ce soit le bon moment.

— Pourquoi ? Il est évident que vous êtes amoureux l'un de l'autre, non ?

Lawrence jeta un coup d'œil à Charlotte et sourit.

— Elle sait ce que je ressens.

Effectivement, elle le savait. Il le lui avait dit hier soir. Ils s'étaient d'abord blottis sur le canapé pour regarder *The Witcher*[1]. Il avait grogné quand elle avait fait semblant de se pâmer devant les scènes où le personnage principal était torse nu. Cela s'était transformé en bataille de chatouilles où elle avait fini par être essoufflée.

— Je me rends, avait-elle finalement dit.

Il s'était figé au-dessus d'elle, un poids lourd qui l'avait excitée plutôt qu'écrasée. Son regard avait été intense et doux à la fois. Il avait fini par lâcher :

— Je t'aime.

Il avait cligné des yeux, comme s'il avait été surpris de le dire.

Elle s'était mordu la lèvre.

Il l'avait dit à nouveau, comme si c'était une révélation.

— Putain de merde, je t'aime.

Ce qu'il avait fait après la faisait encore rougir.

Il lui fit du pied sous la table.

— Voilà, tu viens de prouver mon point de vue, déclara Lacey.

— Ce n'est pas à toi de le décider, dit Lawrence en secouant la tête.

Comme Charlotte aimait vraiment bien Lacey, elle vint à son secours.

— Pourquoi avons-nous besoin de nous marier ? Je croyais que Lawrence et moi étions déjà en couple.

Et depuis hier soir, Charlotte commençait enfin à se dire que ce serait peut-être pour toujours.

Lacey plissa les yeux.

— Cela fait plus de trente ans que j'attends que mon garçon se pose avec quelqu'un. J'aurai mon mariage.

— *Ton* mariage ? dit Lawrence en haussant les sourcils. C'est à Charlotte et moi de décider cela et à personne d'autre.

Lacey fit la moue.

— J'essaie juste de vous aider.

— Avons-nous vraiment besoin de nous marier ? dit Charlotte en fronçant le nez. Ça semble être beaucoup de problèmes et de dépenses.

Lawrence commença à acquiescer, prêt à dire qu'il était d'accord, puis il regarda sa tante et son expression s'adoucit. Seulement durant une seconde, avant qu'elle ne se durcisse à nouveau. À ce moment-là, Charlotte sut qu'il la choisirait elle plutôt que sa tante. Il se rangerait de son côté et briserait le cœur de Lacey. Et elle n'avait pas envie d'en être la raison.

Tendant la main, Charlotte ouvrit le classeur et pointa le doigt sur la première chose qu'elle vit. Une robe de mariée.

— Il y a trop de dentelle.

Elle en pointa une autre.

— Trop bouffante.

Elle pencha la tête sur le côté en voyant la troisième avec son corsage serré.

— J'aime bien le haut, mais pas le bas.

Lacey se pencha plus près.

— Hum. Laisse-moi te montrer la page quatre-vingt-treize.

Alors que Lacey se mettait à feuilleter le classeur, Charlotte croisa le regard de Lawrence.

Il la remercia en silence.

Elle lui fit un clin d'œil et lui dit sans un bruit : *Tu m'en dois une*. Puis elle ajouta : *Je t'aime*.

C'était la première fois qu'elle le disait et il écarquilla les yeux. Il lui fit un grand sourire et elle crut qu'il allait l'arracher à sa chaise et l'emportait avec lui. Au lieu de ça, il se pencha vers elle et murmura :

— J'espère bien entendre à nouveau ces mots ce soir.

— Où vas-tu ? demanda-t-elle alors que Lacey sortait un calepin pour prendre des notes.

— Je vais demander à mon meilleur ami s'il veut

bien être mon témoin et organiser notre lune de miel. Que penses-tu d'une croisière ?

Elle allait avoir bien besoin de ces vacances, car les deux semaines suivantes furent essentiellement consacrées à l'organisation du mariage. Le lieu était réservé. Et le mariage aurait lieu quelques heures avant la prochaine pleine lune, une période qui apparemment portait chance.

Seuls certains détails vinrent gâcher la magie. Premièrement, ils n'avaient toujours aucun signe de Peter ou de la femme qui les avait kidnappés deux fois. Lada aussi avait disparu. Deuxièmement, elle était tombée sur le pari en cours concernant son mariage qui avait été grossièrement rebaptisé le Marié en Fuite.

Le jour où elle le découvrit, après avoir visité un restaurant du Groupe du Clan pour avoir un aperçu du menu, elle débarqua chez elle et agita une liasse de papiers.

— Tu sais ce que c'est ça ?!

Elle entra et trouva Lawrence sous sa forme de ligre en train de faire son jogging sur le tapis roulant installé dans le salon pour qu'il puisse faire du sport tout en écoutant les informations.

Le félin gracieux sauta de la machine et mit quelques secondes à se transformer, la déconcentrant avec son corps nu avant qu'il ne réponde :

— Qu'est-ce qui est quoi ?

— Ça.

Elle agita les documents qu'elle avait imprimés.

— Il y a un pari en cours pour déterminer quand tu me largueras avant le mariage.

— Mais non ?

— Les gens pensent que tu vas flipper et vouloir faire marche arrière.

À peine eut-elle terminé sa phrase qu'il la prit dans ses bras en la plaquant contre le mur.

— Et toi, qu'est-ce que tu en penses, Cacahuète ?

Quelques semaines plus tôt, elle aurait pu en douter et laisser son anxiété prendre le dessus. Mais elle avait fini par connaître cet homme.

Elle sourit.

— Je pense que je vais gagner beaucoup d'argent, parce que j'ai parié que nous resterons au moins vingt-cinq ans ensemble.

— Seulement vingt-cinq ans ? dit-il en se penchant plus près. Moi j'ai parié cinquante.

— C'est vrai ? ne put-elle s'empêcher de demander d'un air surpris.

— Je n'aurais jamais pensé être le genre d'homme qui se contente d'une seule femme. Et puis, je t'ai trouvée.

— Je t'aime, murmura-t-elle en prenant son visage dans ses mains.

— Je t'aime plus, répondit-il en l'embrassant.

— Oh, pitié. Gardez-ça pour plus tard. Vous avez un cours de danse dans moins d'une heure, annonça Lacey en tapant dans ses mains.

— Je commence à envisager cette idée que tu avais de lui mettre une cloche autour du cou, gronda-t-il.

— Encore trois jours, murmura-t-elle.

Juste trois jours avant qu'ils ne se marient et partent en lune de miel. Sans ses tantes.

Elle avait terriblement hâte.

CHAPITRE DIX-NEUF

L'attente le tuait. Lawrence faisait les cent pas. Nerveux, mais pas pour la même raison qui suscitait les moqueries des autres.

— Tu peux encore partir en courant, lui dit Lena d'une voix mielleuse.

Il jeta un regard noir à sa tante.

— Je suis au courant pour votre pari. Tu crois vraiment que je serais capable de me barrer cinq minutes avant le mariage en la laissant seule devant l'autel ?

Lena eut un sourire impénitent.

— J'imagine que tu es déterminé à me prouver que j'ai tort.

— Je ne fais ça pour personne d'autre que moi. Elle est l'élue de mon cœur.

Celle qui le faisait se sentir entier, qui freinait son envie de papillonner.

— Je suis heureuse pour toi, fils, dit Lena en l'embrassant sur la joue.

Puis, ce fut au tour de Lenore et de Lacey qui avait pu organiser le mariage de ses rêves, sans la calèche. Notamment parce qu'avec le blizzard dehors c'était impossible.

Il les serra toutes les trois contre lui, la gorge serrée et parvint à leur dire merci d'une voix bourrue.

Merci de l'avoir élevé. De l'avoir aimé. Et d'être toujours à ses côtés.

Ses tantes prétendirent que c'était la poussière autour qui les faisait pleurer.

— Bon sang, quand est-ce que quelqu'un a nettoyé cet endroit pour la dernière fois ?

Lena s'essuya les yeux et jeta un regard noir autour d'elle.

Comme il les aimait ! Il ne pourrait jamais les remercier assez d'être là quand il avait le plus besoin d'elles.

Puis ce fut au tour de Dean de venir le voir. Ce dernier lui tapa le dos en disant :

— Tu es prêt à laisser tes années de célibat derrière toi ?

Il hocha la tête.

— On s'assoit ?

— J'ai juste besoin d'une minute.

Dean entra dans la chapelle et le laissa seul.

Lawrence jeta un coup d'œil à sa montre, puis à la porte.

Il avait encore un peu de temps.

Il ne pouvait pas décevoir Charlotte.

La porte s'ouvrit et sa surprise arriva enfin.
Lawrence sourit.
— Ah, il était temps que tu te montres.

CHAPITRE VINGT

Les tantes arrivèrent quelques minutes avant la cérémonie et trouvèrent Charlotte qui faisait les cent pas dans sa robe, anxieuse, mais pas à cause du mariage en lui-même. Ça allait être magnifique. Lacey avait pensé à tout, de la jarretière bleue à quelque chose d'ancien – la clé tissée dans le corsage de sa robe – et les nouvelles boucles d'oreille qu'elle portait. L'église serait remplie de lys. Des blancs. Parce que c'était ses préférés.

L'église était vieille et c'était un choix surprenant, pourtant, les tantes avaient insisté en disant que c'était l'endroit parfait, affirmant qu'elle avait été profanée il y a longtemps par des sorcières. Elle se demanda donc quel genre de surprise elles avaient prévu pour la cérémonie. Un sacrifice ? Est-ce que tout le monde hurlerait à la fin ?

Elle ne savait pas du tout à quoi s'attendre et ça la

mettait sur les nerfs. Et cela ne s'améliora pas avec le flot interrompu d'invités qui arrivaient.

Plusieurs personnes blondes vinrent assister à la cérémonie. Même le Roi Lion, qui arriva sous sa simple forme d'homme. Qui était très beau d'ailleurs avec sa femme très enceinte d'un côté et un enfant de l'autre. Lui, ses tantes, ses cousines, ses cousines éloignées, leur famille, ses amis, ils venaient tous ici pour la voir épouser le plus insaisissable des célibataires.

— C'est bientôt l'heure.

Ce fut Lenore qui lui proposa de l'accompagner jusqu'à l'autel à la place de ce frère qu'elle n'avait jamais retrouvé.

Elle eut un pincement au cœur.

Lacey le vit et secoua la tête.

— Oh non. Pas de larmes.

Reniflant, Charlotte essaya de retrouver son calme quand soudain, trois femmes la prirent dans leurs bras.

— Ne pleure pas. Je te jure qu'il va t'épouser ! lui promit Lacey.

— Je sais qu'il le fera, hoqueta Charlotte. Ce n'est pas pour ça que je pleure.

— Son frère lui manque, annonça Lena comme si elles étaient toutes trop bêtes pour le comprendre.

— Évidemment. Pas la peine de le préciser, s'agaça Lenore.

— Nous avons essayé de le retrouver ma chérie, ajouta Lacey d'une voix douce.

— J'aimerais juste... juste...

Elle aurait au moins aimé savoir s'il allait bien.

Elles la serrèrent plus fort dans leurs bras sans rien dire pour lui faire comprendre qu'elle n'était pas seule.

Cela la fit sangloter encore plus, ce qui amena finalement Lacey à dire :

— Allez, ça suffit avec les larmes. Il est l'heure d'y aller les filles ! Que quelqu'un m'amène le kit de maquillage pour que je répare tout ça !

La précipitation générale la fit rire alors que Lacey se transformait en général, réajustant son maquillage dégoulinant, ajustant son décolleté et lui glissant un bouquet dans les mains.

Alors qu'elles quittaient la pièce et entraient dans le couloir à l'extérieur de la nef de l'église, la musique démarra comme si elle était programmée. Lena serra son bouquet comme si elle allait le jeter à la première personne qui se moquerait d'elle parce qu'elle portait une robe et des talons. Elle franchit les portes battantes de l'église pendant que Lacey lui donnait des instructions de dernière minute.

— Rappelle-toi, lève la tête, les seins en avant et compte jusqu'à dix avant de me suivre.

Lacey prit place devant elle, se tint bien droite, rayonnante et franchit les portes.

Charlotte trembla, le poing serré autour du bouquet. Elles auraient plutôt dû parier sur sa fuite le jour de mariage, car elle l'envisagea, le temps d'une seconde.

Puis, elle pensa à Lawrence. L'homme qui l'attendait à l'intérieur.

Ses frissons s'atténuèrent et elle prit une grande inspiration.

Lenore lui tapota la main.

— Courage ma chérie. Tout va bien se passer.

Puis, la femme qui était censée l'accompagner jusqu'à l'autel, franchit les portes et la laissa seule. Les paris s'étaient trompés. Ce ne serait pas Lawrence qui se dégonflerait aujourd'hui. Mais elle. Elle ne pouvait pas faire ça. Pas toute seule. Pas...

— C'est quoi ce délire, ma petite Mangeuse de Citrouille. Je pars six mois et quand je reviens tu te maries ?

Ce n'était pas possible.

— Peter ? Peter !

Elle se retourna et se jeta dans les bras de son frère. La seule raison pour laquelle elle ne pleura pas, c'était parce qu'elle était livide.

— Où étais-tu ? Tu m'as fait tellement peur !

Elle le frappa avec son bouquet, sans se soucier des pétales qui volaient.

— Wow. Attention. Je te jure que je ne l'ai pas fait exprès. Je me suis perdu dans la nature. J'ai été malade pendant un moment et je ne suis revenu que récemment.

— Je t'ai cherché, dit-elle en reniflant.

— Je sais et je suis désolé que tu aies été si inquiète. Je dois un grand merci à ton fiancé. Il a réussi à me retrouver.

— Je suis heureuse que tu sois là.

Heureuse qu'il soit en vie. Mais elle giflerait Lawrence plus tard pour avoir gardé le secret.

— Je veux que tu me racontes tout ce qui s'est passé. Pourquoi la mafia en a après toi ? C'est quoi cette histoire de clé ?

Il regarda le morceau de métal en fer forgé dans son corsage et grimaça.

— Honnêtement, je ne sais pas vraiment, et vu ce qui m'est arrivé, je n'ai pas envie de le découvrir.

— Je ne comprends pas.

— Je te promets de tout te raconter. Plus tard. Là, tout de suite, je crois que tu as plus important à faire. Tu vas te marier.

— Oui, dit-elle en hochant la tête.

— Tu l'aimes ? demanda Peter en lui tenant les mains, l'air sérieux.

Elle acquiesça.

— Plus que tout.

— Alors si tu es prête, j'aimerais te conduire jusqu'à l'autel.

— Je suis contente que tu sois là.

Elle lui serra le bras et ils s'avancèrent vers la porte. Son sourire était radieux alors qu'elle marchait jusqu'à l'autel pour devenir officiellement la femme de ce ligre qui l'aimait.

ÉPILOGUE

Le mariage se déroula sans accroc, même si Lena eut besoin de se remaquiller ensuite. Elle sanglota tout le long.

Les filles célibataires pleurèrent encore plus, car un autre célibataire potentiel avait été retiré du marché, c'est pourquoi plus d'un regard s'attarda sur Peter.

Alors que Charlotte dansait doucement avec son mari, elle murmura :

— Ne ferait-on pas mieux de le prévenir ?

Peter ignorait que la salle était remplie de lions.

— Tout ira très bien pour ton frère. Ne t'inquiète pas.

— Facile à dire. Je ne l'ai pas vu depuis huit mois.

— Tu pourras le harceler pour en apprendre plus sur ses aventures durant la croisière.

Elle s'arrêta pour regarder Lawrence.

— Attends, il vient aussi ?

— Comme tu l'as dit toi-même, tu ne l'as pas vu

depuis longtemps. J'ai essayé de le faire venir plus tôt, mais je devais gérer de la paperasse.

Il n'avait pas exagéré quand il avait dit à Charlotte qu'il avait accès à de meilleures méthodes de recherche, sans parler des fonds pour libérer l'Américain détenu dans une prison lointaine pour vol. Apparemment, un Peter très affamé était sorti des bois et s'était ensuite introduit dans une boulangerie pour manger.

— Je me suis dit que ça pourrait être sympa, qu'entre nos merveilleux ébats amoureux, tu aies l'occasion de rattraper le temps perdu.

— Tu as pensé à tout.

— Effectivement.

C'est pourquoi le vol de ses tantes fut malencontreusement annulé et qu'elles manquèrent l'embarquement à bord du bateau. Puis, malheureusement, quand elles essayèrent de les rejoindre par avion, un autre incident les retarda à la douane. Lorsque ses tantes les retrouvèrent une semaine plus tard à leur dernière escale, elles avaient un air renfrogné, mais ça en valait la peine.

Notamment quand Charlotte vomit sur les pieds de Lenore et que Lawrence, souriant comme un petit con, leur annonça :

— Devinez qui va être papa ?

ALORS QUE LAWRENCE emmenait une Charlotte au teint vert un peu plus loin, les tantes se pressèrent autour du nouveau membre de leur famille par alliance.

Peter.

— On a quelques questions pour toi, dit Lenore.

— À propos de cette clé, dit Lena en la brandissant.

Elle l'avait dérobée quand Charlotte avait enlevé sa robe de mariage pour changer de tenue pour la lune de miel.

— Pourquoi a-t-elle tant de valeur ? Qu'est-ce qu'elle déverrouille ?

— Je ne sais pas.

Une réponse peu satisfaisante. Étant donné que Lawrence les avait prévenues qu'elles ne pouvaient pas faire de mal au frère de sa compagne, Lena ne pouvait pas le secouer ou le frapper. Mais c'était tentant.

— Comment ça, tu ne sais pas ? dit Lena d'une voix tendue et irritée. Ta sœur s'est fait kidnapper par ceux qui cherchaient la clé. Bon sang, tu as disparu pendant des mois à cause de ça !

Peter haussa les épaules.

— J'aimerais pouvoir vous en dire plus, mais il m'est arrivé quelque chose pendant que j'étais perdu dans la forêt en Russie.

— J'ai entendu dire que Lawrence t'a fait sortir de prison.

— Un malentendu.

— Comment t'es-tu retrouvé là-bas ?

— Aucune idée. Les médecins pensent que j'ai

peut-être eu un traumatisme crânien car je ne me souviens pas de ces six derniers mois.

— Pratique, lâcha Lena.

— Trop pratique, ajouta Lenore.

De quoi piquer la curiosité de ces félines, d'autant plus que leurs recherches ne donnèrent rien du tout et c'est pourquoi lorsque Andrei Medvedev contacta la tribu des Lions pour demander comment il pouvait réparer les dégâts causés par sa sœur, ils envoyèrent leur lionne la plus intelligente à sa rencontre, avec une mission simple.

Découvrir pourquoi cette clé avait autant de valeur. Et plus important encore, qu'est-ce qu'elle ouvrait ?

ÊTES-VOUS PRÊTS POUR LES PROCHAINES AVENTURES D'UN OURS RUSSE ET ROBUSTE ET D'UNE LIONNE QUI N'EST PAS DU TOUT IMPRESSIONNÉE PAR SA NATURE VIRILE ? **LE CLAN DU LION #11**

NOTES

Chapitre 1

1. Personne née pendant le baby-boom qui a suivi la Seconde Guerre mondiale

Chapitre 2

1. Henry Cavill, acteur principal de *The Witcher*
2. Référence au livre « *La Toile de Charlotte* » un livre américain de E.B White

Chapitre 5

1. Référence à Maître Yoda, dans Star Wars

Chapitre 6

1. Guerrier fauve qui entre dans une fureur sacrée

Chapitre 12

1. Référence au catcheur français que l'on surnommait « André the Giant »

Chapitre 13

1. Marque de bonbons canadiens

Chapitre 14

1. *Ce qui doit arriver, arrivera*, en Espagnol.

Chapitre 18

1. Série télévisée de fantasy médiévale américaine

www.ingramcontent.com/pod-product-compliance
Lightning Source LLC
LaVergne TN
LVHW041627060526
838200LV00040B/1474